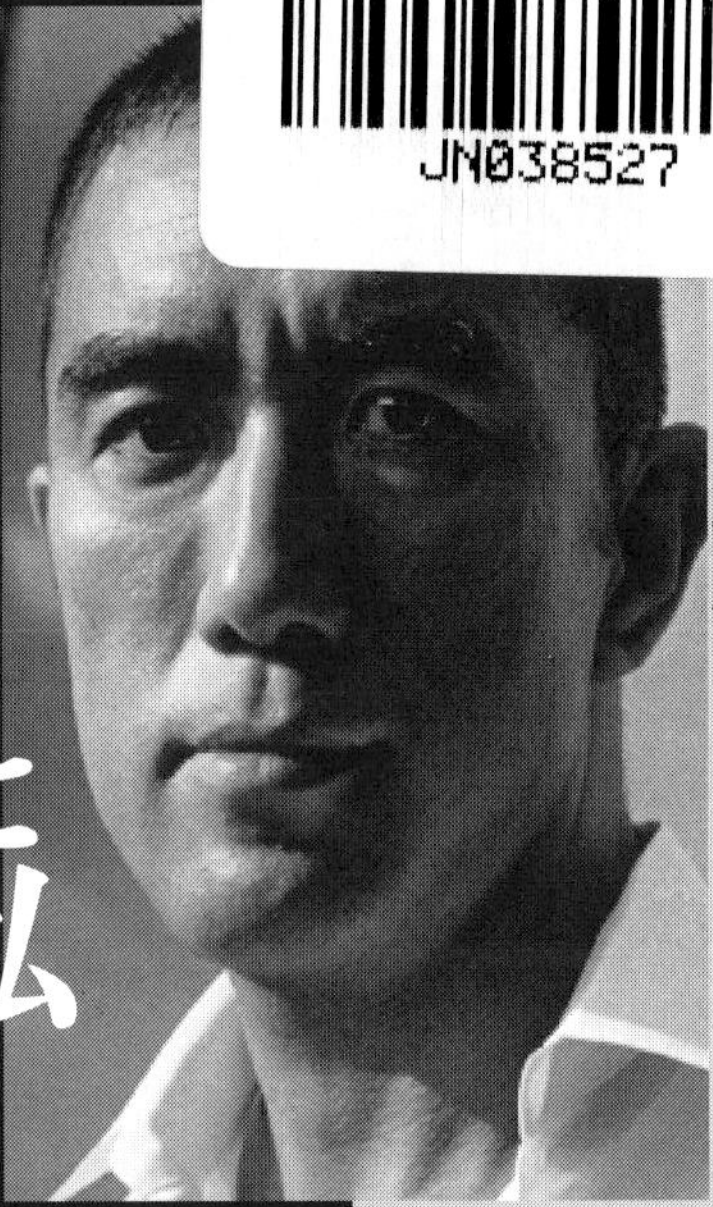

由紀夫の死
と私

増補新訂版

西尾幹二

戎光祥出版

はじめに――これまで三島論をなぜまとめなかったか

この本は私が若い頃に比較的身近に体験した三島由紀夫の死という「事件」を四十年近く経った今、体験記としてあらためて検証し、再確認しようとする試みです。三島文学の研究書ではありません。三島さんについて私がこれまで書いてきた文章はほんの僅《わず》かですが、三島さんが亡くなった後のことが主でしたので、この本は亡くなる前の私と三島さんとの関わり、死の際に受け取った私の衝撃、死の直後に書いたもの、そして三十八年経った現在の感懐、といった四つの視点で組み立てたいと考えています。

私がこれまで書いた三島論というものは数がたしかに少なくて、死の直後、『新潮』一月臨時増刊号・三島由紀夫読本（昭和四十六年）が出されますが（この特集号は事件についてさまざまな人が書いたものです）、ここに私の、「『死』からみた三島美学」が掲載されています。そしてほぼ時を移さずして、同じく『新潮』通巻号、四十六年二月特大号で三島由紀夫追悼特集が組まれ、ここに文芸評論として三島由紀夫の死をめぐる論を何人かの人が書き、私も重要な仕事をさせていただきました。それが「不自由への情熱」です。

「不自由への情熱」は百枚の依頼を受けました。追悼特集号の中のメインの仕事にするからとおだてられたのですが、時間がまったくなく、未読だった長編小説を徹夜で読んだりの無理を重ね、とんでもない短時間で書き上げなくてはなりませんでした。まだ若いからできた仕事だと思います。実際は七十枚ほどしか書けなかったのですが、とにかく時間がなかった。当時はファックスなどありませんから、書いている横から担当者が、今何枚になった、と編集部に電話をかけて連絡するという状態でした。「不自由への情熱」は、三島さんの文学と死について書いた文章の中では私の代表作になっています。

先述の「『死』からみた三島美学」と「不自由への情熱」という二つの文章を基にして、死の直後に、三島論を一冊の本にまとめてみないか、という依頼が講談社現代新書からありました。でもお断りしました。私はまったくそういう心境になれなかったのです。一冊の本にまとめるどころか、亡くなった後に書いたその二篇を、ずっと自分の評論集に入れることもしませんでした。

十六年経って、「不自由への情熱」だけは『行為する思索』（中央公論社）という文芸評論集に収録しましたが、「『死』からみた三島美学」は何にも入れなかったのです。それどころか読むこともしなかった。じつは、このタイトルは私がつけたものではありません。編集部がつけたもので、『東京新聞』の「大波小波《おおなみこなみ》」という匿名コラムでからかわれた覚えがありますし、亡くなられた古山高麗雄《こまお》さんからも、三島美学などと若い評論家が言っていると揶揄《やゆ》されました。そんなこともあって、私としては「『死』からみた三島美学」の方は嫌な思い出があり、その後、読み返すこともしなかったのです。自己嫌悪と軽薄だといわれたという傷つけられた感情があって、読む気になれなかったのです。読み返したのはなんと昨年、平成十九年十二月四日録画の三島をめぐる文化チャンネル桜の座談会のテレビ出演前であって、それまで読むまいと例外的にこだわりつづけた文章ですが、ところが読み返したところ、思っていたよりも悪くないのですね。

この私の二篇は、当時文壇からは無視されましたし、保守系知識人も黙殺、あるいは西尾は興奮しているといった、口頭でネガティブな批評があっただけでした。ところが今度読み返してみると私の筆は興奮なんかちっともしていない。彼の死に共鳴はしていません。死を悪く言う人に反論もしています。保守系知識人はそれだけで興奮していると思ったんでしょうね。彼らは過激な死を嫌って、逃げ腰でした。冷静を必死に装おうとした彼らの方がむしろ興奮していたのです。本書に全文掲載しますので、私の二篇を読んでみて下さい。緻密で、論理的で、ちっとも興奮なんかしていませんよ。たった一人、本質を見抜いていてよく書けている、と言ってくれたのが保守系知識人ではない、澁澤龍彦《しぶさわたつひこ》さんだったのです。それからずい分経って、毎日新聞の徳岡孝夫さんが『五衰の人―三島由紀夫私記』(文藝春秋刊)を出されたとき、この「不自由への情熱」を評価してくださった。そういうことがあって、十六年経って、「不自由への情熱」だけは初めて単行本に入れたのです。

私はびくびくしていたのですね。なぜこれほど恐れ、私が三島さんについてその後筆を控えてきたかというと、ひょっとして精神的に一番近いところにいたのではないかという不安な予感があり、だから怖かったのです。ほかにも正面から立ち向かう気になれなかった心理事情はいろいろあり、追い追いお話しします。私はこれを機に村松剛《たけし》と仲が悪くなりました。私の側に原因はありません。村松さんは三島のことは自分が一番分っていると思っていたんでしょうね。三島さんの死後、たちまちその死についての本を書きます。私はそれはおかしいと思いました。亡くなった直後によく三島さんの死について本を書けるものだ、と感じたのです。遠藤周作もある文壇パーティーで、死んだ直後によくあんな本が書けるものだ、おまえは軽薄だ、と村松剛を罵《ののし》っている場面を目にしました。私も同じ心境だったのです。

当時はみな沈黙しました。あの後、いろいろとパフォーマンスがあって、例えば磯田光一は『殉教の美学』の刊行を停止しました。福田恆存《つねあり》はいっさい沈黙しました。福田さんの政治発言はそれからなんとなく元気がなくなりますし、三島さんの死後、しばらく精彩を欠きます。これらは当時の文壇人の内情といったものですが、ともあれ、最も若い世代の一人だった私は、三島さんに存在を問われていると感じ、非常に怖かったのです。

ところが最近心境が変わりました。私も一歩一歩、死に近づいていることを自覚する年齢です。記録をきちんと残しておきたいという思いがあることと、死に至る前の三島さんとの出会いや、精神的な葛藤を振り返ってみたいと思うようになったのです。その時の私が書いたものや、それに直《じか》に言及した三島さんの発言なども残されています。死の前にどういう文学的・精神的関わりがあり、どうあの事件を私が受け止めたか、きちんとした形で残しておきたいと思うようになりました。

私は必ずしも三島文学の愛読者ではありません。小説について言えば、名作といわれる『金閣寺』などもあまり感動しませんでした。文学青年は生意気ですし、当時の若い批評家で三島さんを褒める人はいなかったのです。三島論をきちんと書かないのが文壇の処世術のようなところがあり、さながら本居宣長《もとおりのりなが》について、国文学者が彼の国語学上の業績を褒めながら、必ず皇国《こうこく》のイデオローグだなどとひと言否定するということにも似て、文芸評論家の多くは三島さんに距離を置くことで、自分のレーゾンデートルを手に入れるという構図がありました。それがむしろ三島さんのあり方そのものだったのですね。そのことから、今日はお話ししたいと思います。

三島さんの作品に、感動するものがあまりなかったということは事実です。代表作以外にも『美しい星』や『沈める瀧』といった長篇小説がいろいろありますが、強く心を打つ作品があまり多くない。一方、短篇はすばらしいと思います。それから戯曲もいい。『憂国』以後の作品が、注目されすぎています。松本徹《とおる》さんが「古今《こきん》の観点で見直す必要がある」と言っているように、初期から『憂国』以前の作品をきちんと読み返し、死から離れて見た三島文学、三島さんの文学意識を再評価する必要があるのではないか。しかし、今回の私の論述では文学本来のテーマには及びません。

今回、作品のいくつかを読み返しましたが、やはり文章はすばらしいですね。ことに評論の文体や切れ味が、私と呼吸が合うと感じました。若い頃から私は小説よりも、評論ばかり読んできました。

小林秀雄や福田恆存、あるいは中村光夫などを読んで育ってきた世代です。小林さんは独自の頭脳の展開をする人で、転調が激しすぎます。読んでいる時には引き込まれますが、少し目を離すと、何が語られていたか思い出せない。それが小林さんの世界です。音楽みたいですね。むしろ福田さんの方が、何が語られていたかよく分りますし、私は若い頃から惹かれていました。福田さんには独特のレトリックがあり、ユーモアもあります。

あるとき福田さんに、君は僕の文章にではなく、中村光夫の文章に似ている、と言われたことがあります。後で考えればそれは褒め言葉だったのですが、その時には、お前はおれにはとても追いつけないよ、と言われたように思って、まだ若い頃で生意気ですから、私はちょっと侮辱されたように思った。私の方は、福田さんには敬意を抱《いだ》きながらも、ひそかに不遜な対抗心も持っていたのでしょう。人間はそういうものですからね。

福田さんはこうも言ったのです。君の文章は、前に書いたことをもう一度くり返す、丁寧に再論していく、これはいいことだ、と。それは自分にはできないことだ、と福田さんはおっしゃったのだと思うのですが、ところが私はそうは受け取らないで、自分はそんな回りくどいことはしない、きらめきだけで書けるんだ、お前にはできないだろう、と言っていたように思ったのです。どちらかというと叙述が丁寧で、凡庸に見えていた中村光夫に似ていると言われた。それが、若い当時の私の受け取り方だったわけです。しかし歳を取ってみると、あれは福田先生の励ましの言葉だったのだと思うようになった。誤解した若い私はバカですね。

そうやって福田さんや小林秀雄の評論を読んでいた若い時代、三島さんを尊敬するというスタンスには私はなかなかなれなかったのです。小説家の文章は自分の文章世界と比較できない。何となく別の世界だという気持もある。しかし最近読んでみると、文章のリズムは心地良く、こんなことを言うと大変僭越《せんえつ》ですが、自分に近いのではないかとさえ感じる。例えば『文化防衛論』のなかの、「自由と権力の状況」という文章があります。雑誌『自由』に載ったもので、四十枚ほどの評論ですが、編集者が、これはスピーキングだったと言っていたのを覚えています。にもかかわらず、話し終ったらぴったり四十枚になっている。しかも手を入れるところがなかった。日付を言いますと、昭和四十三年十一月です。亡くなられたのが四十五年十一月ですから、ちょうど二年前ですね。

つまり大変な精神の緊張と、合理的な日常生活の結果で、無駄がなく、しかも締め切りを遅らせたりすることがいっさいない。約束の時間はきちんと守る。枚数まで守っている。ぴったり四十枚で終っている。これは普通の人にはとてもできないことで、逆に私には異常なことだとさえ思えました。ノーマルではないと感じたのです。

しかし「自由と権力の状況」で示された自由観は非常に強烈で、私の政治観に大きな影響を与えました。自由主義社会のなかで、日本という国が完全な傍観者の立場に立っている、いくらあがいてみてもだめだ、国際社会のなかで行動しない傍観者でありつづけていてはいけないというような内容で、現代にもつながる問題です。こういうきわめて論理的な文章、しかも現実をしっかりと見ている文章に私は惹かれました。

私の青春時代、三島由紀夫、小林秀雄、福田恆存、中村光夫というのは輝かしい名前であり、意識しつづけた存在でもあり、それを死ぬ前にきちんともう一度読み直し、関係があった以上、責任ある証言を残していくべきだと考えるようになりました。

若いときに書いたものは証言篇としてまとめ、今後新たに書くものは三島文学論としてまとめるということが必要だと思っています（註）。ただしこの本はどこまでも「証言篇」にとどまることもお断わりしておきます。

（編集部註）『歴史の真贋』（令和二＝二〇二〇年一月新潮社刊）では、第二部の「真贋ということ―小林秀雄・福田恆存・三島由紀夫をめぐって」において、それ以降追求された三氏についての著者の新しい認識がまとめられている。

目次

第二章　一九七〇年前後の証言から

第三章　芸術と実生活の問題

第四章　私小説的風土克服という流れの中で再考する

第一章　三島事件の時代背景

日本を一変させた経済の高度成長

最初に、一九六〇年代から七〇年代にかけてはどんな時代だったかをお話ししましょう。この本を読んでいただくのに役に立つ予備知識になると思うのです。

六〇年後半から七〇年代前半にかけての時代は、いわゆる経済の高度成長と言われたときで、いまから考えるとはるかに遠い出来事のように思われるかもしれません。しかし日本の歴史にとってだけでなく、世界の歴史にとってもきわめて大きな変化の時代でした。それまでの秩序が壊れ、何かが大きく動き出した時代です。日本にとっても長い間、戦争の四年間が歴史を区分したように考えられてきましたが、日本の社会に与えた変化という点では、高度成長期の方がはるかに大きかったと言えます。

試みに戦後すぐの映画をご覧になっていただけると分ります。戦後の、昭和二十年から三十五年（一九六〇年）くらいまでの映画は、戦前の風俗や生活感情がそっくりそのままで、いまの私たちの生活世界とは感覚的にあまりに異なるものであることに気がつかれるはずです。

例えば縁側のある建物があの頃からつくられなくなり、卓袱台《ちゃぶだい》を囲んで食事するという習慣もなくなりますし、蚊帳《かや》をつって夏の蚊を防ぐということもあの頃を境になくなります。そして農村が解体しました。地方の農村が急激に都市化し、産業第一主義の荒波が襲いました。ある歴史研究家に言わせると、室町時代にできあがった農村の仕組みは江戸時代も変わらずに続き、高度成長期になって一気に変わったというくらいです。あるいはその通りかもしれません。藁葺《わらぶき》屋根がなくなるのもあの頃ですね。農村家庭における嫁取りに関する伝統的な仕組みや桎梏《しっこく》がなくなるのも高度成長期です。

日本国内の見えざる「ベルリンの壁」

一九六〇年代の後半から七〇年代の前半にかけては、思想や精神の世界においてもいわば分水嶺《ぶんすいれい》であったので、いわゆる大学紛争と青年の叛乱という思想上の対立を転機に、何かが変わり出します。七〇年代に入ってから激しい対立が事実上意味を失ったかのごとく、対決の空気が嘘のように消えていってしまい、とても説明のできない気流の変化が訪れます。三島由紀夫の自決（一九七〇年十一月二十五日）は、この気流の変化と深く関係があったように今にして思います。

少し先だって考えてみますと、一九五〇年代から六〇年代にかけての世界の状況は、一九四五年が第二次世界大戦の終った年ですから、米ソの対立がにわかに激しくなって固定化する、冷戦が本格化する時代だったといってもいいでしょう。そしてソ連の優勢が伝えられる。スターリンの死が一九五三年。フルシチョフ時代が一九五三年から六四年で、言ってみれば五〇年代から六〇年代前半にかけては共産主義的全体主義の全盛期です。

フルシチョフは宇宙開発優位の余勢を駆って、国連総会で、アメリカ経済を十年後には砂の中に埋めると豪語しました。その当時、共産主義はあらゆる点で未来を約束しているかのように見えました。

アメリカは、当然受け身になります。岸信介《きしのぶすけ》内閣を倒した六〇年安保闘争は単なる日米問題ではなく、アメリカとソ連の二大勢力が日本列島で対決した代理戦争であったと考えた方がむしろ自然です。なぜならば六一年はベルリンの壁ができた年でもあります。六〇年の日米安保、六一年のベルリンの壁、まさに、何とも言えないほど激しい時代であり、米ソの対立が否応なしに日本の国内を締め付けた、そう考えることが不思議ではない時代だったと思います。そのために、五五年は社会党の左右統一、吉田自由党と鳩山民主党の保守合同が同時に行われ、いわゆる「五五年体制」が確立します。あれから一九九三年までの三十八年間、自民党の政権独占が続くことになります。

なぜこんなにも激しい対決が日本の国内を襲ったのか。それは国際政治の力学の反映以外のなにものでもなく、日本人におよそ主体の自由は許されなかった。東ドイツと北朝鮮はソ連圏、西ドイツと南朝鮮は自由主義圏と分断されました。西ドイツと南朝鮮はそのため共産党は非合法になる。したがって西ドイツではマルクス＝レーニン主義と社会民主党は手を切ります。西ドイツの社会民主党は健全保守に近くなります。これがブラント政権、シュミット政権を作り、社民党が長い間政権を担当する地盤となります。

日本は韓国やドイツとは違って分断国家は免れたわけですが、この幸運が、ある意味では戦後史のすべてを決定していたといえるでしょう。つまり、国内に見えざる三八度線が引かれた。ベルリンの壁のように、東京に壁がつくられたわけではありませんが、国民の心の内に見えないベルリンの壁がありました。私は六〇年代に青春期を送りましたから、忘れられない思い出がたくさんあるのですが、大学の知識人だけではありません。大蔵省のような主要官庁にも共産主義者がおりました。ソ連シンパがたくさんいたのです。その後、天下《あまくだ》って素知らぬ顔でどこかの大企業の会長にでも収まったのでしょうが、ソ連にいつでも寝返るのではないかというような勢力が体制のなかにたくさんいたわけで、たいへんに不安定で、危険な状態だったのです。

そのために日本の国民はある選択をします。ソ連とつながる社会党には一六〇以上の議席を許さない、自民党は党内抗争をいくら繰り返してもいいけれど、脱党者は一人も許さないし、分裂は認めない。皆さんのご記憶にもあるかと思いますが、自民党と社会党は長い対決状態にありましたが、馴れ合い対決です。米ソの対立をなす力の衝突が列島のなかにあったがために、流血を恐れ、国民がそういう措置を取ったのだと思います。

国内のしめつけが国内を固定化したので、社会党は万年野党に甘んじ、政治のプロになれないまま終ってしまったわけですし、自民党は国際共産主義に対する防波堤であればよかったので、党内で思想を磨く何の努力もせずにただ数だけ揃えていればいい。二つの政党はそうやって形だけ張り合っていたと思います。それが三十八年間、自民党の一党支政権がつづいた理由です。アメリカにすべてを委《ゆだ》ねている構造が今に続いている問題です。こういう日本の異常な事態は、世界史の大きな流れの中で生じ、継続したのだといっていいでしょう。

「日本文化会議」に集まった保守系知識人

二つのパワーはこうして対立したまま安定していたのですが、六〇年代の後半くらいから国際社会のなかに大きな変化が生じます。政治の流れで言うとソ連軍のチェコ進駐が一九六八年です。五〇年代から六〇年代の前半はソ連共産主義の意気盛んな時代と前に言いましたが、他方、西側社会は経済の成功に沸きますので、西側先進国ではマルクス主義は退屈なものにしか思えなくなりました。精神的には死んでしまったものと見られるわけですが、まだその影を捨てきれない西側の左翼運動が、チェコ事件で一気に変わります。

彼らは平和と富に飽きた人びとであり、平等がすでにおおむね達成されつつある西側経済社会のなかで、不平等を訴えたり人に革命的情熱を燃え立たせるにはどうしたらいいかという、新しい矛盾に満ちた問いの前に立たされたのです。この六八年が「プラハの春」と言われるチェコの事件です。そのころから大学生の情緒がにわかに不安定になり、ある意味では解答不可能な難問を教師たちに向けて乱発するようになります。

それまでの大学を支配していたのは革命願望でした。丸山眞男《まさお》を象徴とする革命待望型の大学左翼がおり、彼らを旧左翼と呼ぶならば、永遠に革命の歌を歌い続けているけれども、世界の動きを左右しているのはアメリカが支配するところの西側の経済体制です。どんどん産業と経済が上昇し、間もなく日本も高度経済成長期に入るわけですから、マルクスが夢見ていた程度の理想や平等社会は、目の前の産業社会が実現してしまうという皮肉な事態が起こります。それに対して東側諸国の遅れが目立ってくる。この矛盾の前に、革命を口だけで言い続けていた大半の旧左翼の教師たちに対し、若い学生たちが新たに問いを突きつけるようになるわけです。ただし問いを突きつけはするのですが、彼らは革命をあきらめたわけではありません。

もう一つ大事なことですが、その流れの一方で次のようなことが起こるのです。激しい六〇年安保闘争のとき、私たち保守派は大変憂慮しました。そこで七〇年の安保再改定期に向けて、こんなことがまた起こってはいけないという反省が、保守派のなかから強く出てまいります。たくさんの知識人が力を結集することになり、「日本文化会議」という知識人協力会議がつくられました。田中美知太《みちた》郎《ろう》氏を理事長に、小林秀雄、福田恆存《ふくだつねあり》、林健太郎、竹山道雄、会田雄次の諸氏、その他多彩な顔ぶれが並んでいましたが、末席に私などもメンバーの一人として参加します。

保守は基本的には集団を組まないという建前であり、あくまでも個が大事なのですが、しかし六〇年安保のときは何分《なにぶん》にも無力だったので、こういうことがまた起こってはいけないということで、力を結集したのです。とくに中国の文化大革命に対するあまりにもひどい礼讃と夢想が広がっていたので、これを何とかしなければならないということもあったと思います。

ともあれこのように、思想界は旧左翼と新左翼と保守陣営の三つに分かれたと、おおむね受け取っていただいてよいと思います。三島由紀夫はもちろん保守の陣営のなかにいたわけですが、彼は彼なりに独自の精神活動をすることになります。

スターリニズムかファシズムか

ここで一九二〇年代から三〇年代という古い時代にさかのぼって考えてみたいのですが――第二次世界大戦前ですね――、世界の知識階級の前には、ボルシェヴィキ革命かファシズムか、あるいはスターリニズムかナチズムか、という二者択一的問いが絶えず突きつけられていました。ナチスを倒すためにはスターリニズムと手を組んだ方がいいという流れがあり、英米がにわかに流れをつくり、そのときに敏捷《びんしょう》に外交的に立ちまわれなかった日本が、自らはナチズムとは何の関係もないのに枢軸《すうじく》側にまわってしまった。

この失敗は後々まで我が国に禍《わざわい》をもたらすわけですが、日本はスターリニズムでもない、ナチズムでもない、どちらにも関係がないのです。日本の国内にもこの激しい思想上の対立はあったのですが、戦略的には対応することができない。ボルシェヴィキ革命かファシズムか、スターリニズムかナチズムかという対立の問いは二者択一であり、どちらも駄目だという選択はなかったのです。ファシズムを抑えるためには、一時的にスターリニズムを選択せざるを得なかった。その行動上の自由が米英にあって、日本になかった。

スペインの内乱から始まった大きな流れと、米英がそれに対応したというもうひとつの流れを考えると、そういう対決の問いが突きつけられていて、切迫した形で、スターリニズムよりナチズムやファシズムを先に倒す、という方向に進んだのはご承知の通りです。第二次世界大戦が終ってからもこの思想上の問いはじつは続いていて、簡単にいえばマルクス主義か実存主義か、という問いになっています。日本の精神的な問いは実存主義の方に流れていきますが、文学論争的にはサルトルかカミュかという流れにもつながっています。

ずっとこのような流れがあり、この対立が旧左翼か新左翼かという問題にもつながっていると思うのですが、六八年のソ連軍のチェコ侵攻で、つまり「プラハの春」を経て、この対決の基盤が急速に無意味になった。これは恐ろしい速度で迫ってきて、対決が無効になってしまい、それを全身で受けとめていたのが三島由紀夫だったと思います。変化を全身で感じていたのです。

ソ連が本当に消滅するまでには、それから二十年がたつわけです。三島さんが亡くなってから二十年たつということなのですが、現実の政治が具体的に動くまでにはタイムラグがあります。しかしソ連が消滅する予兆はそのときすでにあり、新左翼の行動の過激化は、対決の急激な消滅と関係があるのではないか。それが、七〇年代の劇的な対決の後に霞《かすみ》が消えるようにぱっと消えてしまった空気の変化と関係があるのではないか。つまり極端な対決が無効になる瞬間に、ある種の危機が訪れたのではないか。

そういう対決の消滅が、七〇年代になって歴史上の事件としてどんなふうに続くかというと、ブレジネフの死が八二年、ゴルバチョフの登場が八五年です。つまりそれより前の七〇年代というのは、世界がどうなるのか、まだまったく分からなかった。三島さんが亡くなるのが七〇年。死後十年ほどは共産主義が破竹の勢いで世界各地に拡大していた時代であります。七五年にベトナム戦争はアメリカの敗退で終りますし、そのあとアンゴラはベトナム化しかけ、キューバの兵隊がアフリカその他各地に跳梁《ちょうりょう》して、アジアではプノンペンがポルポト派の手に落ち、いわゆるキリングフィールドという大量虐殺が行われた。

七〇年代、西側は大変な危機感に襲われていました。自民党と社会党の対決も、七〇年代は微動だにしないで続いたのは当然ですが、しかし七〇年代は、表面のこうした緊張とは別に、思考上の本当の危機は去りかけていたように思います。長期にわたったブレジネフ体制（一九六四―八二年）は、表面的には成功していたように見えたのですが、共産主義の硬直化と停滞によって生産性は下がり、自信を失い、東側の内部ではだれももはや革命を信じてはいなかったという状態でした。

西側でも革命が国内から湧きおこって脅《おびや》かされるという心配がなくなります。六〇年代から七〇年代にかけては、以上の通り、旧左翼が夢見たロシア革命型の革命はあり得ない話になりながら、マルクスの幻影《イドラ》はなお形を変えて世界中を混乱に陥《おとしい》れていた、そういう時代なのです。

その真ん中に三島さんの事件が起きたのだということを、話の枕として最初に申し上げておきたいと思います。

ベトナム戦争、人類の月面到着、ソルジェニーツィン

私は一九九二年の東欧探訪を機に『全体主義の呪い』という本を書いて、「プラハ」「ワルシャワ」「ベルリン」の報告をしたことがありますが、六八年の「プラハの春」以降を後期全体主義というふうに名付けています。スターリン時代を前期全体主義とすると、ブレジネフ時代は後期全体主義といってもいい。

スターリン時代は処刑と粛清が相次いだわけですが、ブレジネフ時代は大量処刑はなされずに逮捕だけされて、どこかへ連れていかれてしまうという事件が相次ぎました。市民相互の密告のネットワークが張り巡らされ、夫が妻を密告するなど、非常に息苦しい、嫌らしい時代になりました。信じられないことですが、考えてみれば、いまでも北朝鮮や中国は似たようなことをやっているのですから、驚くに値《あたい》しません。

東側は意気阻喪していて、このようになんだか不透明である。西側も未来を失いかけて、なんだか分らないけれども、目的としての革命は意味をなさなくなる、どちらともに次の手が分らないというような薄明のただ中で、三島事件が起きた。こうした情勢の中で、三島さんの精神の危機があったのだということをあらためて申し上げておきたいのです。

ソルジェニーツィンはソビエトの全体主義性を告発する作品を発表していましたが、三島さんはお

そらく何も知らずに亡くなったのではなかったでしょうか。私がソ連作家同盟の招きで七七年にソビエトに行ったとき、一般にはまだなかなかソルジェニーツィンの話はしにくかったですね。でも幹部との対話では話題の中心でした。

共産主義の破竹の勢いは最後の断末魔でもあったわけですが、それと切り離せない形で、ソルジェニーツィンの西側に対する警告書が出ます。七四年に亡命するのですが、西側の様子を見て、こんな腑抜けた状態でどうするのか。おまえたち、東側にやられてしまうぞ、と彼は言ったのです。それが七〇年代の後半ですから、三島さんはこのことも知りません。

この時代に世界史を画《かく》する、精神的心理的に意味のある一連の出来事を列記すると次のようになり、いかに激変の時代であったかが分るでしょう。

ベトナム戦争と共に徐々に口を開いたアメリカ社会の暗部。黒人パワーの爆発。宇宙開発競争と人類の月面到着。中国の文化大革命。第二ヴァチカン公会議によるカトリック教会の世俗化宣言。そしてこの頃、平等主義の大波、進学率の急激な伸長、いわゆる教育爆発が世界的規模で発生している。さらに、欧米にまず起こった著しい女性の社会進出、ウーマン・リブ。性の解放。子供の大人化、あるいは大人の子供化も一挙に広がった。テレビが世界の隅々をまで無差別に映し出す映像の専横、すなわち情報化社会の始まりもこの時期の特徴である。

これら一連の動きを概念的に言い直すなら、自己崩壊の一歩手前にまで近づくほどの進歩への盲目的前進、解放度の急上昇といっていいでしょう。別の言葉でいえば、伝統からの離脱、いっさいの精神的権威の不在確認、そして神秘の消滅、ということになるでしょうか。七〇年代に入って、ロッキード事件と田中角栄《かくえい》現象、世界各地の赤軍派の跳梁と航空機ハイジャックも逸《いっ》せられないでしょう。

なにかが一挙に動き、解体直前まで行きましたが、現実の壁にぶつかり、社会的有効性を失い、マンガ的しらけ気分に終ったのが七〇年代の特徴です。無関心、無感動、無気力の三無主義が三島事件後のムードでした。

娘たちは母と同じ生き方をもうしたがらない

ここでひとつ面白い話を加えたいのですが、アメリカの保守派の論客として知られるパトリック・J・ブキャナンという人がいました。この人は大統領選挙に出馬して敗北したこともある知識人なのですが、『病むアメリカ、滅びゆく西洋』という本を書いていて、この本は日本をもまきこむ先進国の生命力の衰弱について、人口の激減ということから説き起こしています。大変興味深い本です。まさに六〇年代こそが文明の転換点だったということをしきりに言いますので、今のテーマと関係があるのです。彼はこんなことを言っています。

若者たちを惹きつけてやまない解放的な文化が、いずれは彼らを死に至らしめるであろう。誰もが気楽さだけを求め、家族のために尽くすという、生物にとっての必然の概念が過去の遺物となったのは六〇年代だった。原因は避妊の普及であって、繁栄のなかを成長した女性たちが母と同じ生き方をしたいという気持を失ったのが六〇年代である、と。

　また次のようなことも言っています。一九六〇年に世界人口の四分の一を占めていた西洋系人種は二〇五〇年に十分の一になる。日本人も同じ衰滅の波の中にある。出生率は一九五〇年の半分で、日本もまた死にかけている。そう言います。ブキャナンは人種で言っているのではなく、第二次大戦前に繁栄した文明に起こっている悲劇を問題にしている。大学紛争についても、この世代はテレビに育てられた世代だと言います。ブキャナンは私より三歳下の一九三八年生まれですが、こんなことを書いています。

「シカゴ暴動がおこった一九六八年はまさに動乱の年だった。プラハの春を成したチェコの学生たちはロシア軍に立ち向かい、メキシコの学生たちは首都で軍部に射殺され、フランスの学生たちはドゴールからパリを奪う寸前までいった。

彼らの共通項は反戦ではない。数の勢い、豊かさ、安心、自由、そしてブラウン管を通して目にする世界の仲間たちの前例だ。誰もがテレビに育てられた――パパやママよりよっぽど楽しい（テレビという）ベビーシッターに」

（パトリック・J・ブキャナン『病むアメリカ、滅びゆく西洋』宮崎哲弥監訳、成甲書房）

彼はこうも書いています。

「今や、われわれの世界こそ逆さまになってしまった。昨日の正義は今日の悪。不道徳で恥ずべき行為——乱交、中絶、安楽死、自殺——は称賛に値する進歩的行為になった」（同）

「西洋におけるキリスト教精神の衰退と、日本における戦前戦時を貫く教義の死には、何か共通点があるのだろうか。国家がその使命感を失うとき、独自の民・文化を持つという国家を国家たらしめる理念を失うときが、国家滅亡、文明崩壊のときではあるまいか。私にはそう思える」

今考えると、この指摘は非常に当たっているように思います。これが三島事件の前提だと考えていただければ、分りやすいかもしれません。あの有名な「檄《げき》」の一文で、三島さんはこう書いています。

「われわれは戦後の日本が経済的繁栄にうつつを抜かし、国の大本を忘れ・国民精神を失ひ、本《もと》を正さずして末に走り、その場しのぎと偽善に陥《おちい》り、自ら魂の空白状態へ落ち込んでゆくのを見た」（平成十九年版憂国忌冊子）

「生命尊重のみで、魂は死んでもよいのか」（同）

「今こそわれわれは生命尊重以上の価値の所在を諸君の目に見せてやる。それは自由でも民主主義でもない。日本だ。われわれの愛する歴史と伝統の国、日本だ」（同）

これは、今も生きている言葉であると言えるし、あの時代に置いてみると、もっと切実に生きていた言葉だと言えます。三島事件も世界の同時代に起こっていた出来事と共通する性格を持っていたということを以上で申し上げているのですが、しかしそれとは異なる面、唯一独自な面が当然ございます。それが何であるかということは、これから本書で、私の体験で語っていってみたいと考えています。

以上、三島さんの事件の時代背景をあらかじめご説明し、あの時代がどんな時代だったかを知らない読者には、このことを知っていただき、また知っている読者には思い出していただきたいと思います。

文壇とは何であったのか

もう一点、特に若い読者にとっては、文学者がなぜこのような政治的な発言をしなければならなかったのか、今ひとつ分りにくいかもしれません。これは他の国とは異なる特殊条件でしょうが、この点についても追加しておきましょう。

長い間、純文学という概念があり、明治から大正、昭和にかけて、単に小説の世界や詩文芸の世界を超えて、文学が国民道徳を導く道標として崇《あが》められるような空気が日本には存在しました。今では考えることができないほどです。当時、特に戦後は「文学の時代」という空気が強くありました。例えば私の記憶でも、私は水戸《みと》の付属中学にいたのですが、そこで島崎藤村《とうそん》の『夜明け前』を劇でやったのです。夏目漱石など、多くの文学作品を演劇にして学芸会で上演したりもしました。競って文学作品を読み合うということもしましたし、世界文学全集を読むのは青年の教養の基本をなすというように考えられており、各社から世界文学全集が次々と出版されていました。

生活の苦しい時代でしたが、かえって精神的に求めるものの多い時代でもありました。政治に満たされない若い人は精神の世界を文芸に求めたのです。しかも西洋の文学に光があるように思い、西洋の文学をなんとなく模範としている日本の作家の活動の型にも自分の課題を見出していました。

道徳的な講演会としては、宗教家のそれではなく、文芸講演会が尊重され、そこにむしろ人が集まりました。「リアリズムの行方《ゆくえ》」とか「文芸における主体性の問題」などというテーマに普通の人が集まるのです。現在なら「拉致《らち》問題の行方」といったテーマだったらば人は来るでしょうが、当時は人生の問題として文芸の言葉で語られることを聞き、そこで世界観を受け取る。それが普通に行われていたのです。

当然それに対する反省や批判も起こりました。

中村光夫という文芸評論家が昭和三十四年に「大人と子供」というエッセイを書いていて、志賀直哉を論評し、中村さんは否定的に言っているのですが、作家が文学に身を捧げることは大人になることを拒否することで、大人とは志賀直哉にとって俗物の代名詞であり、社会人になって潔癖さを失うとは耐えがたいことであり、子供に近い精神状態を保持することが作家の特権だった。それを許し、また許され、まるで聖者のように遇される。そういうものが日本の文学だったというのです。中村さんは「作家であることの特権と使命が、子供であることと同一視されるような風潮は」おかしい。そう批判しています。

童心が作家の大切な宝とされ、童話や童謡という新語がはやったのは大正時代ですが、芸術即童心という不思議な通念が、文壇という特殊な社会の形成によって、作者と読者の間に分かち持たれる。これが文壇というものの基本を形成していて、いいことではない、と中村さんは言っています。文学は成熟し、社会化する必要があるという評論がそこにつながってくるわけで、小林秀雄が「社会化した私」という話題を出したり、江藤淳によって「成熟」という概念が問われたりするのは、こういう前提に立っていたのです。ちょっと説明のできないような、保護的な心理に包まれたムードが、あの時代の文壇には基本的にありました。それが、現在は、完全に消えてしまいました。

作家に対するそうした国民の意識が三島事件の前提にあります。三島さんを見る国民の目もそうだったし、三島さんの純潔というものが与えた影響もそうだった。太宰治の情死が社会に与えた衝撃とも重なっていて、三島が自決した政治的衝撃とは、国民道徳的な波動をも引き起こしたのです。単に政治事件ではないのです。

しかし三島は、それを前提とし、それを利用して事件の影響を大きくしたとも言えるけれども、また文壇人の道徳的影響をすべてぶち壊してしまったのも三島由紀夫です。三島以降は、それがなくなってしまいました。文学者の社会的役割の、最大にして最後の表現だったと言ってよいでしょう。つまり巨大な表現を成し遂げて、すべて文学者の地位を破壊してしまった。三島以降は、もはやないですね。文壇の破壊ですね。同時にこの事件は、大学知識人の否定です。そして教養主義の破産です。

第二章　一九七〇年前後の証言から

日本という枠を超えるもう一つのもの

昭和四十年（一九六五年）八月から四十二年の七月まで、私はドイツに留学しました。当時、ドイツのベルリンで大学生が叛乱を起こし、パリの五月革命へと至るというあの時代でした。日本に帰ってくると、やはり大学紛争が起こり始めていて、ほとんど世界同時的に、青年の叛乱と情緒の不安定という現象が発生しました。そして過激に政治的でした。

昭和四十二年から四十三年当時、『論争ジャーナル』という月刊誌があり、当時は『諸君！』も『正論』もなく、『自由』という同人誌色の強い雑誌と、『論争ジャーナル』という若い行動家たちが拠点とした雑誌、この二つだけが保守系論客の結集していた雑誌で、寄稿家としてじつにたくさんの人たちがそこに参加していました。『論争ジャーナル』には村松剛《たけし》、日沼倫太郎《ひぬまりんたろう》、高坂正堯《こうさかまさたか》、遠藤周作、佐伯彰一《さえきしょういち》、福田恆存《つねあり》、三島由紀夫など、多くの評論家や作家が寄稿していました。私も一番若い世代として表紙を飾ったこともあります。『論争ジャーナル』は楯の会の母胎のような精神的位置にあり、そこで活躍していた人々のなかで、私は一番若い端くれで、始まったばかりの人間でした。

『論争ジャーナル』の昭和四十二年十一月号は、私がドイツから帰国して直後ですが、いち早くそこに執筆しています。同じ号に、三島由紀夫と福田恆存との天皇対談が掲載されていました。福田先生は、個人のエゴイズムと国家のエゴイズムという対立点を出し、個人のエゴイズムは国家の力によって抑えることができるが、国家のエゴイズムは何によって抑えられるか。それは絶対天皇制からは出てこないだろう。天皇制を否定するつもりはないが、もう一つその外枠の、並存する何かがなくては天皇制も成り立たない。それがないと天皇制は行き詰まってしまう。他の原理がないとこの国のバランスは保つことができない、という主旨のことをおっしゃいました。

　これは当時の三島さんの生き方に対するひそかな批評だったと思うのですが、私がそのときすぐに思いついたのは次のことでした。ドイツ人がドイツを否定することが時代論調として強く言われていた時代でしたが、しかしドイツ人は、ヨーロッパ人であることを止《や》めることは絶対にありません。ドイツ人であることを否定できてもヨーロッパ人であることを否定することはできません。ドイツ人、フランス人、イギリス人は、ドイツ人、フランス人、イギリス人であることを超えることはできるけれども、ヨーロッパ人であるというもう一つの外枠があるからこそ自国民を超えることができる。しかし日本人にそれはない。日本人が日本人であることを超えることができるような枠が、日本の外にあるだろうか。

　これは永遠の課題です。我が国の文化は常に海の外ということを意識し、七福信仰といいますか、外のものを理想化してしまいます。最初は古代中国文明であり、のちにはヨーロッパ近代文明です。さてその二つがなくなって、今や困っている。アメリカを理想化するのではさらに困るというのが今の時代の課題です。我々には外に枠がないということ、天皇制はそれがないとバランスが取れないということ。このことを福田さんはおっしゃったのではないか。そのとき私はそう感じたのです。

三島由紀夫の天皇（その一）

それに対して三島さんがどんな答えを返したかというと、ある意味で簡単には分らないことをおっしゃった。

僕はその問題は、かういうやうに考へてゐる。つまり、僕の言つてゐる天皇制といふのは、幻の南朝に忠勤を励んでゐるので、いまの北朝ぢやないと言つたんだ。戦争が終ったと同時に北朝になつちやつた。僕は幻の南朝に忠義を尽くしてゐるので、幻の南朝とは何ぞやといふと、人にいはせれば、美的天皇制だ。戦前の八紘一宇《はっこういちう》の天皇制とは違ふ。

（三島由紀夫・福田恆存「文武両道と死の哲学」『論争ジャーナル』昭和四十二年十一月号）

八紘一宇というのは外枠です。で、三島さんの天皇制は八紘一宇ではないと言う。戦前からの否定です。これが一国主義ということなのかどうかはこれだけでは分らないのですが、このあとこう言っています。

それは何かといふと、没我の精神で、僕にとつては、国家的エゴイズムを掣肘《せいちゅう》するファクターだ。現在は、個人的エゴイズムの原理で国民全体が動いてゐるときに、つまり、反エゴイズムの代表として皇室はなすべきことがあるんぢやないかといふ考へですね。そして皇室はつらいだらうが、自己犠牲の見本を示すべきだ。今の天皇にもつともつと、お勤めなさることがあるんぢやないか。

そして、天皇といふのは、アンティ（反）なんだよ。今我々の持つてゐる心理に対するアンティ。我々の持つてゐる道徳に対するアンティ。さういつたものを天皇は代表してゐなければならないから、それがつまリバランスの中心になる力だといふんです。国民のエゴイズムがぐつと前に出れば、それを規制する一番の根本のファクターが、天皇だね。そのために、天皇にコントロールする能力がなければならない。

その僕の考へが、既成右翼と違ふところだと思ふのは、天皇をあらゆる社会構造から抜き取つてしまふんです。（同）

ここまで読んでもやはり難しい。何を言っているのかこれだけでは分らないのです。ただ少なくともこれは外を頼らない徹底して内在的な自己超克というようなことだったかもしれません。私はこれを別の言葉で、次のように考えるのです。福田恆存氏には国境の観念がある。一方、三島さんには国境の観念が希薄なのではないか。繰り返しますが、国境の観念であって、国家観念ではないですよ。国家観の有無でもありません。国境の観念の有無と私は言いたいのです。三島さんは、ご存知のように『薔薇刑《ばらけい》』という裸の写真を撮ったりするように、イタリアルネッサンスに愛着があって、それを見ていると、どこへ飛んでいくのか分らないところがあります。日本なのかどこなのか分らない。三島さんには国境の観念がないのです。ここにはお二人の西洋観、ヨーロッパ観の違いがある。

福田さんはなにも「普遍」と「特殊」の違いということを今さら言っているのではありません。日本は「特殊」でヨーロッパは「普遍」だなどと言っているのでもない。そうではなく、外にあるものに対する自己限定のような意識が福田さんには非常に強い。それに対して三島さんには自己限定の意識がないのです。これはある意味ではすごいことです。天皇というところから、その先へ突き抜けてしまうわけです。ところが、天皇を突き抜けていく情熱には他者がない。国家のエゴイズムや国民のエゴイズムというものの反対の極に出て行ってしまい、天皇は尊いから、天皇が自由を縛られても仕方がないという考えになるのです。その根源にあるのは、とにかくお祭りだと彼は言うわけです。天皇のなすべきことはお祭りであり、お祭りのために自分を捨てなさい。天皇は縛られるべきであり、その点は徹底してもらわないと困る。彼はそういうわけです。

最近、皇室典範の問題が出てから、宮中の紫宸殿《ししんでん》で行われる最も重要なお祭りの一つ、新嘗祭《にいなめさい》ですね、この問題が出てきた。これを行うのが三島さんのいう天皇で、普遍でもなければ特殊でもなく、そういう意味では徹底した、何か分らない国境のないもので、それは普遍にも特殊にも関わらない。彼にはそれが普遍なのです。特殊か普遍かというのは外から見ている話です。例えば西洋人や中国人が見て、日本文化は特殊だと言います。多くの日本のインテリもそう言いますね。ところが三島さんにはそれ自体普遍です。

福田恆存との対談が浮かび上がらせるもの

それに対して福田恆存氏はやはり常識の人です。小林秀雄が言ったような広い意味での常識の人ですから、国家を超えるものを意識している。国家のエゴイズムを抑えるものはなにかということを気にしていて、国境意識というものを持っている。

ここから最近私が少し勉強している江戸の問題に目を移すと、大変面白い関係が比喩的に出てきますので、ひと言だけ触れておきます。中国人には国境意識がないのです。中国の観念の中に、例えば詩経の中に「溥天《ふてん》の下《もと》、王土にあらざるは莫《な》し」とあるように、大空のもと、どこまで行っても王の土地であって、自分が膨張して天下と一体になってしまうという観念があります。それは「中華」の観念であり、広大無辺の土地に住む漢民族にとっては自分たちが世界の中心だとよく言われますが、他者がないということでもあるわけです。つまり近代的な意味だけではなく、元々中国人には国境の観念がない。自分を限定して認識することがない国民ではないかと思うのです。

ここから大変逆説的なことを申し上げることになるわけですが、江戸時代になって中国を学んだ日本の儒者たちには「日本」という国家観念が生まれます。初期儒学者の林羅山《はやしらざん》、熊沢蕃山《くまざわばんざん》、中江藤樹《なかえとうじゅ》、山鹿素行《やまがそこう》など、みな中国を受け入れたわけですが、中華の「華」は我が日本なのです。つまり中原《ちゅうげん》を満州民族に奪われたような清王朝は話にならない。我が徳川王朝こそ中華の「華」であると考えた。実際に、徳川幕府は強硬外交をします。朝鮮、琉球、タイにまで手を伸ばし従属化を計る。

そして中国を土下座させることまでやる。外交断絶ですね。中国人は江戸の市中に入れなかったのです。

『江戸のダイナミズム』（文藝春秋）に書いているように、中国の儒学には国境意識がないのですが、日本に入ってきたとき、日本の儒学は中国を意識することによって、日本こそ中華の「華」だという意識が生まれたのでした。初めて国家観というものが生まれた。この国は「神の国」だということが、もう一度確認されるのが儒教によってなのです。仏教や神道《しんとう》は役に立たない。儒教によって中国を意識し、そのことによって俺たちは俺たちだという日本の意識を生んだわけですから、国家観が生まれたということです。

ところがまことに興味深いことは、儒学から反転して出た国学は、中国儒学と同じように国境意識を失うのです。これは面白い逆説です。国学の祖宣長《のりなが》には国境意識がないのです。宣長にとって、アマテラスオオミカミは限定された日本の神ではなく普遍です。ここから上田秋成《あきなり》との論争になるのですが、アマテラスオオミカミは日本の神ではなく、世界を司《つかさど》る神です。キリスト教も外へ外へとどんどん拡大していくので国境の観念がないのですが、国学も国境意識を持っていない。そのあとの水戸学になると、逆に防衛思想が出てきて国家観念が出てくるわけですが、宣長には国家観念がない。国家観念があれば他者を見るわけです。

なぜ江戸期の儒学を持ち出したかと言いますと、私は福田恆存と三島由紀夫の関係の比喩として中し上げているのです。つまり三島さんに国境の観念がないということは、本居宣長に似ているのではないかということですね。西洋を意識している福田恆存は西洋文明、近代文明と相渉《あいわた》ることによって、国境意識を持とうとしている。ところが先ほどの二人の対話を見ると分るように、三島由紀夫には国境の観念がない。

もう一度確認しますが、江戸の儒学は中国学です。それでいて日本という意識をもたらしました。儒学を母胎としてしかもこの自己発見から生まれた国学は、のちの天皇制近代国家を生んだように受け取られているけれども、宣長自身は非常に文学的・神学的で、およそ政治的展開をしない思想家です。その意味からすれば堂々としたものですが、国境の観念はない。ところがその影響を受けた後期水戸学は防衛を強く意識し、国境の観念が激しく出てくる。でもこれは再び儒学の影響なのです。国学が転じて水戸学になったわけではなく、幕末における儒学の復興なのです。儒学が一貫して国家意識をもたらしたのであって、仏教や神道は国のまとまりを作るうえでは自覚を深める役割を果すことはなかった。

これは面白いパラドックスです。西洋というものをしっかり見ている福田恆存は、日本の限界を見、日本だけを主張していても日本は成り立たない。絶対天皇制では天皇も成り立たない。かつて中国から来た儒学が日本の国家意識を自覚させたように、今も何か外枠が必要である。それは何か。個人のエゴイズムを抑えるものは国家であるけれども、国家のエゴイズムを抑えるものは何なのか。それは有るのか無いのか。こういう問いが福田さんにはあるのに対し、三島由紀夫にはおよそそういう発想がない。

この二人の対話から、三島由紀夫その人の問題が出て来るのではないかと考え、江戸時代のことを含め、少し言及してみました。

私がお目にかかった「一度だけの思い出」

さて、私は一九六七年夏にドイツから帰ってきてすぐ、全共闘運動が激しく逆巻いている現場に出合います。私も大学の一教師として紛争の反対者となって、バリケードを張る学生の前に立ちふさがったり、教授会で、それに同調する教師たちや新聞論調のおかしさをなじったり、西尾は右翼だと言われたりしながら応戦する激しい時代がしばらく続いていました。

私の大学、単科の理科系大学でさえ学生にバリケードで封鎖されましたし、周知の通り林健太郎先生が東大で缶詰になって、三島由紀夫が応援に駆けつける一幕があったのも、あの時代の象徴的事件として覚えておられると思います。新宿事件という騒乱もありました。本当にこの次は革命が起こると感じている人も多かったと思います。その切迫感は今の人に分らせるのは難しい。三島さんも当時の発言で、共産党は天皇制を擁立したまま革命を行う、これは大変狡猾《こうかつ》で、巧妙なやり方である、と強い危機感を抱いていました。

『論争ジャーナル』は楯の会の予備軍のような人たちが集まっていましたから、私のところにも非常事態の情報はたえず伝わってきます。そうしたなかで、私は『ヨーロッパの個人主義』と『ヨーロッパ像の転換』という二冊の本を書きました。六九年から七〇年にかけてですから、三島さんの悲劇の歳月に近い時期です。帰国してすぐ、『自由』という雑誌に「ヨーロッパとの対話」というタイトルで連載をしていて、それが『ヨーロッパ像の転換』になり、ほぼ同時期に講談社の現代新書で『ヨーロッパの個人主義』を書く。『ヨーロッパ像の転換』が先に書かれ、それが印刷製本中に『ヨーロッパの個人主義』が出版されるというあわただしい順序でした。

そんななか、三島さんが私の連載を褒めてくれているという話が、私の耳にも伝わりました。『ヨーロッパ像の転換』が新潮選書として出版されたとき、手塚富雄先生と一緒に推薦文を書いてくださったのです。それまでに私は三島さんとご面識すらありませんでしたが、機縁がなかったわけでもないのです。三島さんと手塚先生との間でニーチェをめぐる大変に魅力的な対談が行われていました。中央公論の世界の名著『ニーチェ』の巻の月報でした。今でも思い出して話題にする人がいますが、じつはこの巻で『悲劇の誕生』を訳していたのが私でした。翻訳はドイツ留学中の仕事で、昭和四十一年二月刊行だったと思います。三島さんが私のことを初めて気がついて下さったのは多分この翻訳を機縁にしてのことではなかったかと思います。

そんなわけで『ヨーロッパ像の転換』の推薦文はこの両先生からいただくことになったのですが、

それは新潮社の配慮で、私の知らない間にすすめられていました。こんな私事を少し詳しくご説明するのは、すべて三島事件に先立つ数年の出来事で、どの件も私にとっては事件と切り離せない示唆を孕《はら》んでいるからです。

両先生からの推薦文は身に余るおことばでしたが、ことに三島さんの推薦の辞は驚くほど熱っぽい、私の初仕事を褒めて下さった文章なので、私はありがたいやら羞《はずか》しいやらで、恐縮しました。ただ、三島さんに初めてお目にかかったのは当然ですが推薦文より前です。その直前、ご挨拶にということで、持丸博さんという『論争ジャーナル』に関わり、三島さんのそばにいた若い人の紹介で一緒に三島さんの家を訪問しました。そのときのことは、三島全集の月報に「たった一度だけの出会い」という題で書いていますので、紹介したいと思います。三島さんの推薦文とその出会いの日の記録は、私にとっては忘れもしない、記憶に残る文章です。

三島由紀夫氏にお会いしたのは一度だけである。昭和四十三年の秋であったと思うが、ある人が橋渡しをしてくれて、特徴のあるあのお宅を訪問することになった。多忙な氏が、無名の外国文学者の最初の仕事（その頃私はある雑誌にヨーロッパ論を連載していた）に関心を持っているとある編集者から伝え聞いていた。そこへ橋渡しをしてくれる人が別に現われたので、若干とも私のことを氏が知っていて下さるという安心感から、ようやくお訪ねする気になったのだと思う。

世の中は大学紛争で騒然としていたころのことであった。

階段をぐるぐる昇って三島邸の一番高いところに位置した、白壁の明るい部屋に通された。橋渡しの知人と一緒にしばらく待っていると、やがて大きな、元気のいい声がした。氏は椅子から立ち上がった私の正面にきちんと姿勢を正し、三島です、と明晰な発音で挨拶された。それから円卓をはさんで、私にビールを注《つ》いでくれた。氏は年下の、まだたいした仕事もしていない文学青年を相手にしているという風ではなかった。物の言い方は遠慮がなく、率直であったが、客である私には礼儀正しく、外国の作家のことが話題になると、まず私の見解を質《ただ》した。男らしく、さっぱりした人だと私は思った。日本の文化人の誰彼が話題にのぼると、氏はそうとうに辛辣なことをずけずけ言ったが、陰湿なところがまるでなく、からっとしていた。たった今怒りの言葉を述べて、次の瞬間にはもうそれにこだわっていないという風だった。私もまた、怒りはときに大切だと思っている方だが、氏の前に出ると勝負にならなかった。そう私が述べると氏はとても愉快そうに爽快な笑い声をあげた。私がしばらくしてトイレに立とうとすると、氏は素早く私を先導し、階段を三つも跳ぶようにして降りて、なんのこだわりもなく便所のドアを開いてくれた。私はこのときの氏の偉ぶらない物腰と、敏捷《びんしょう》な身のこなしをいつまでも忘れられないでいる。そのときはなんでもないことだと思っていたが、あとでよく考えてみると、年下の無名の人間を、このように友人のように扱う率直さはじつは大変なことだと思った。私は大学関係の先生や先輩を訪問して、こんな風にわけへだてなく遇されたことはたえて一度もなかったからである。

その日氏は私のために一日を空けて置いてくれた。やがて暗くなって、氏は私たち二人を階下に招じた。そのとき夫人に紹介され、それから晩餐《ばんさん》に招待された。氏はそのあと珍しいヌード写真などを見せて下さった。連載中の小説を書きあぐねているとも語った。芝居の方に自分の天分はあるので、一晩に三十枚も書けることがある、そういうときはまるで手が機械のように動く、それにひきかえ小説は毎晩かっきり七枚書くことにしている、などと言っていた。しばらくしてゴーゴーを踊りに行こうと氏がとつぜん言い出した。夫人を伴い、氏はわれわれを車で案内してくれた。途中で、べ平連で有名な作家兼評論家某氏（注記――小田実《まこと》氏）のことが話題になると、氏は「数日前六本木のレストランの入口の所にあの男が立っているのが遠くから見えてね」と、ひどく人なつっこい表情をしながら「まるでその辺りの空気がいっぺんに汚れ、曇ったように思えて、僕はそこから一目散に逃げ出したのだ、百米《メートル》くらいも走ったのだ」と身振りで走る真似《まね》をして、私たちを笑わせた。ある人を嫌ったら、その嫌い方がいかにもこの人らしく、私は氏のそのときの言葉にデリカシーが欠けているともべつに思わなかった。氏の身のこなし、口調、そして考え方が衝動的なものではなく、スポーツ精神ともいえるようなからっと明るい、軽快な、遊戯的なものに思われたからである。

文学、思想、政治に関して交わしたこの日のじつに豊富な会話の内容を私は今ほとんど覚えていない。ところが、氏の口調や、笑い方や、身体の動かし方はきわめて印象鮮やかに記憶されている。

原宿の某所で車を降り、暗い地下室に降りた。そこで三島氏の知人という人に偶然出会った。その人は、今晩中に二十万円だかを使ってしまわなければならないのだから何でも奢《おご》るよ、というようなことを言っている。私などの知らない人種の一人であった。私は自分の生活感覚とはかけ離れた所にいるもう一人の三島氏をそのとき感じ、自分がこの場にいるのはなぜか悪いような気がしてきた。言葉に甘えて、私もモーゼル・ワインを注文したら、それが偶然五十年代の産で、高価なものだった。私は居心地が悪くなっていた。三島氏はフロアですでに若い男女に混じってゴーゴーを踊っていた。背を少し曲げ、首を上げ、しきりに身体を動かしているが、表情からは笑いが消え、暗い無表情なので、氏が本当に楽しいのかどうかも分からなかった。午後の会話中の氏とはもう別人のようであった。すでに私には用はないように思えると、私は少し淋しくなって、挨拶して独りでそこを立ち去った。後日知人から聞いた所では、十一時少し前に、これから仕事だと言って氏は決然と帰ったそうである。

（『三島由紀夫全集』第三巻月報〈昭和四十八年十一月〉、新潮社）

総選挙の直後から保守化する大学知識人たち

私がヨーロッパ論を書いているさ中に、『新潮』から文芸評論を書かないかと誘われ、最初に書いたのが、時代の政治と文学が激しくつば競《ぜ》り合う状況に対して発言した長い評論である「文学の宿命」です。昭和四十五年（一九七〇年）二月号ですから、『豊饒の海』が連載中で、六九年の十二月には総選挙があり、象徴的な結末を告げるあの時点でした。「文学の宿命」に触れる前に、少しこの総選挙についてお話ししておきましょう。

この総選挙は、学生の騒乱に対し、一般市民がノーと否定し、自民党が圧倒的勝利を収めるという、保守化回帰を決定づけた選挙だったことはよく知られています。それが『ヨーロッパの個人主義』が出た同じ月のことです。それ以前の、学生たちの安田講堂での騒ぎや、街頭での騒乱や、暴力の多発や、ゲバ棒をふるい、覆面をし、火炎瓶が飛び、機動隊と衝突する一連の光景は今もテレビにときどき映されますし、覚えている人も少なくないでしょう。大学の講堂に立てこもった学生に、放水と発煙筒で応戦したのが日本の警察で、それはソフト社会の象徴的事件として、日本社会の柔構造をよく表していると評されました。面白かったのは、つかこうへいの芝居に、学生が機動隊に対して「お前たち、ちゃんと弾圧しろよ、給料をもらっているんだろ」と言う台詞《せりふ》がありますが、まさに柔構造社会の特質を象徴する表現です。破壊が壁にぶつからないので、どんどんエスカレートする。暖簾《のれん》に腕押しのような状態に終止符を打ったのが、総選挙だったのです。

これ以後、大学で学生たちを応援していた教師たちの大半が、一気に保守化します。選挙前までは、機動隊を学内に入れてはいけないと言い、学生たちは改革の精神に燃えているのだからと言い、自分たちが殴られていながらそんなことを言っていた学者が過半でした。「ルターの改革精神にも比すべきだ」などと新聞に書いた東大の教師もいるのです。日本の知識人というのはこうした事態になると、たちまちおかしくなるのですね。その「ルターの改革精神」が総選挙とともにガラガラと変わってしまって、悪いのは学生だ、秩序は大切だ、ということになってしまったのです。

私は怒りました。ふざけるんじゃない。学生が悪いんじゃなくて、教師がおかしいのだろう、と。三島さんも保守化する知識人に対して、許せないという感情を強く持ったようです。私も『自由』その他の雑誌、新聞にそうした趣旨の文章を書き、それは七一年に『悲劇人の姿勢』（新潮社）としてまとめられます。その保守化への怒りが、三島さんの死と重なるのです。知識人への怒りです。分りやすい図式で言うと、お前たちは自分を誤魔化しているだろう、言ったとおりのことをやって見せろよ、というのが三島さんの言い分だったのです。もちろん、そんなことで死んだわけではありません。もっと大きな問いを立てていましたし、内的、外的には数多くのことが後で解釈されます。しかし当時置かれていた状況に即して言うと、そういうこともあるのです。

『討論　三島由紀夫vs.東大全共闘』（新潮社）という討論本が当時あったように、三島さんと東大全共闘とは脈を通じ合うところがありました。しかし教師たちの方はまったくだめだと三島さんは考えていた。
この本は古書でも今入手しがたい一冊になっているそうですが、当時の雰囲気を知るにも、三島文学を理解するにも、一九六九年五月十三日に東大教養学部九〇〇番教室で三島さんが学生とぶつかり合った討論の記録はとても貴重な資料ですし、読んで面白い。最初の二十ページくらいから抜き出してみましょう。

三島　私はモーリヤックの書いた「テレーズ・デケイルゥ」という小説をよく思い出すのです。あの中に亭主に毒を飲まして殺そうとするテレーズという女の話が出てまいります。なんだって亭主を毒殺しようとしたか。愛していなかったのか。これははっきりいえない。憎んでいたのか。これもはっきりいえない。はっきりいえないけれども、どうしても亭主に毒を盛りたかった。そしてその心理をモーリヤックはいろいろ追求しているのですが、最後にテレーズは、「亭主の目の中に不安を見たかったからだ」というのであります。私はこれだなと思うのですが、諸君もとにかく日本の権力構造、体制の目の中に不安を見たいに違いない。私も実は見たい。別の方向から見たい。私は安心している人間が嫌いなんで、こんなところで私がこんなことをしている状況はあんまり好きじゃない。（笑）

（『討論　三島由紀夫VS.東大全共闘』新潮社）

三島　暴力というものに対して恐怖を感じたとか、暴力はいかんということはいったつもりもない。私の書いたものを全部読んでいただければわかるのですが、どこにも書いていない。私が一番怖ろしいと思ったのは、秩父宮ラグビー場のああいう集会のあったあとあたりで入試復活という動きが非常に見えてきた。その時に自民党も共産党も入試復活の線で折り合いそうになった。そして大体学生の厭戦《えんせん》思想につけ込んで、「とにかくここらで手を打とうじゃないか」という気分が濃厚になってきた。この気分は日本全国に瀰漫《びまん》している。イデオロギーなんかどうでもいいじゃないか、筋や論理はどうでもいいじゃないか、とにかく秩序が大切である、われわれの生きているこの社会のただ当面の秩序が大切だ、そのために警察があるのだ、警察はその当面の秩序を維持すればいいのだし、当面の秩序が維持されさえすれば、自民党と共産党がある時、手を握ったっていいのだという。いまそこの入り口で「近代ゴリラ」とかいう絵がかいてあったが、私はそういう点じゃプリミティブな人間だから、筋が立たないところでそういうことをやられると気持が悪い。私は、自民党はもっと反動であってほしいし、共産党はもっと暴力的であってほしいのに、どっちももたもたしている。（笑）その点が私がいらいらしている一番の原因です。（同）

三島　私はいままでどうしても日本の知識人というものが、思想というものに力があって、知識というものに力があって、それだけで人間の上に君臨しているという形が嫌いで嫌いでたまらなかった。具体的に例をあげればいろいろな立派な先生方がいる……。そういう先生方の顔を見るのが私は嫌でたまらなかった。これは自分に知識や思想がないせいかもしれないが、とにかく東大という学校全体に私はいつもそういうにおいを嗅ぎつけていたから、全学連の諸君がやったことも、全部は肯定しないけれども、ある日本の大正教養主義からきた知識人の自惚《うぬぼ》れというものの鼻を叩き割ったという功績は絶対に認めます。（拍手）私はそういう反知性主義というものが実際知性の極致からくるものであるか、あるいは一番低い知性からくるものであるか、この辺がまだよくわからない。（笑）もし丸山眞男先生がみずから肌ぬぎになって反知性主義を唱えれば、これは世間を納得させるんでしょうけれども、丸山先生はいつまでたっても知性主義の立場に立っていらっしゃるので、なぐられちゃった。（同）

全共闘A　残念ながらぼくらのほうの提起する暴力というものは、単にそういった感覚的な原点だけに頼っているのではないということなんです。つまりそれは確かに、さっき戦後知識人の問題としてさっき三島先生が……三島さんが――ここで先生という言葉を思わず使っちゃったのですが、それは若干問題があるわけですが（笑）……しかしながら、少なくともこの東大で現実にそこら辺にうろうろしている東大教師よりは、三島さんのほうがぼくは先生と呼ぶに値するだろうと、それでぼくは使ったということを許可していただきたい。（拍手）（同）

笑いと拍手につつまれていた会場の空気が伝わってくるような内容ですが、以上は討論のほんのとば口です。内容の研究はここではできません。

いずれにせよ、ここで盛り上がっていた熱気は総選挙を境にあっという間に消えてしまいます。そして学生たちの騒ぎが沈静化していくにつれ、全共闘運動は地獄の穴を掘るような内ゲバになり、赤軍派になり、ハイジャックになり、あさま山荘事件になっていく。

しかしある意味では、三島由紀夫も違う立場で、別のところで、同じような深い穴の中に入って行ったのではないか。だから私は恐ろしかったのです。自決の第一報を聞いたとき、本当に恐ろしかったのです。怒りを共にしていたと思っていただけに、まさか、そこまでするとは、本気だったのか、という思いと、三島さんからお前にできるか、と言われているようで、お前はニセモノだ、しょせんは口舌《こうぜつ》の徒《と》じゃないか、実行してみせろよ、と言われているみたいで、とっさに混乱し、敗北感情にとり憑かれたのでした。

近代文学派と「政治と文学」

ここで話を戻します。

『ヨーロッパ像の転換』を書いた後、私は文壇で発言することになりました。それが先ほどお話しした「文学の宿命」ですが、ある意味では本書を展開するうえで鍵をなす文章なので、若書きで恥しいのですが、少し紹介してみたいと思います。百枚ほどの長い論文で、いろいろなことを書いていますが、そのなかの第二節で三島さんについて触れています。当然、三島さんは存命中です。

最近なまの現実に直接的な行動で関与しはじめた文学者たちは、もはや文学の言葉で語ろうとはしなくなってきた。これは一つの新しい傾向である。文学の言葉で論じるときにはあくまで文学の問題に限定しているが、政治に関与するときには、もう文学的に語るのではなく、なまの現実に直接働き掛けようとする。（中略）例えば三島由紀夫氏にしても、大江健三郎氏にしても、あるいは江藤淳氏にしても、吉本隆明《たかあき》氏にしても、それぞれの政治的発言は文学者の内面の論理に深く関わる形式において幅の広い説得力を発揮していることも事実なのである。だが、それはもはや、いわゆる文学的論争の場に提出されるような性格のものではなくなってきたのだ。

（「文学の宿命」『新潮』昭和四十五年二月号）

この論の背景には、政治と文学という、戦後文学の中でたえず提起されていた対立概念があります。いわゆる第一次戦後派の文学、野間宏《のまひろし》、椎名麟三《しいなりんぞう》、武田泰淳《たけだたいじゅん》、埴谷雄高《はにやゆたか》等々と、それを補佐する評論家、本多秋五《ほんだしゅうご》、荒正人《あらまさひと》、平野謙《ひらのけん》といった人たちが、政治と文学という論争を広範囲にひき起こしていた流れがあります。ところがこの論争は、一つは日本共産党に対する批判でした。政治と文学を対立させたときの政治は国家権力に限りません。この時代は、今から考えるよりもはるかに日本共産党の力が強い時代で、党が知識人を支配していました。それに対する強い反発も当然あったわけで、この点は、現在とはまったく構造が違います。つまり本多秋五や荒正人や平野謙たちは、反共産党であり、それでいて反自民党でもあったといえます。

共産党という政治の論理と国家権力という政治の論理の二つがあるなかで、知識人にとって国家権力は頭から悪であって、計算の外にあって、精神の問題にはならない。精神の問題になるのは日本共産党の提出している路線の是非問題である。日本共産党はその頃どんどん政治路線に走っていく。そうではない、それではだめだ、人間主義的・文化主義的な革命の仕方があるはずだ。そう主張したのが近代文学派と言われた本多秋五、荒正人、平野謙といった人たちです。そして日本共産党の硬直した政治主義を批判するわけです。日本共産党の権力や圧力を排除して、文学を文学の場に戻そうとする。

ところが彼らの言う文学は、まったく権力の問題を見ていませんし、国際政治も日本の置かれた立場も見ていません。要するに感傷的な左翼文学なのです。やがて来るべきマルクス主義的・社会主義的革命を実現するうえで、共産党のように酷薄で非情なやり方ではなく、人間主義的で文化主義的なものがそこになければならない。そういう立場ですから、共産党とは方向が違うといいたいだけです。彼ら近代文学派の立場というものは、いわゆるヒューマニズムという名における自己防衛、知識人の自己弁護のような要素を持っていました。これは後々まで続きます。柴田翔《しばたしょう》の『されどわれらが日々――』もその亜種でしょうし、さらにまたその後も続きます。共産党は嫌いであるけれども、革命は必要である、その革命のやり方はソフトで、人間主義的で、モラルがあって、云々《うんぬん》というものです。倉橋由美子《くらはしゆみこ》『パルタイ』などという小説もこのテーマに関係がありましたが、総じて、権力、アメリカ、自民党というものが、頭の中にありません。政治をトータルとして見ていないのです。

全共闘運動と楯の会の政治的無効性と文学表現

それはおかしい、と最初に言ったのが福田恆存です。お前たちは片目しか開いていない。政治的に考えるなら、日本共産党の方が正しい。なぜならば共産党にとっては文学は要らない。革命は革命の道を歩めばいい。革命にとって文学者など必要ない。文学者の出番などはない。革命を推進しようとするためには革命の論理しかない。暴力もあって当然である。だから共産党の言っていることの方が正しいし、筋が通っている。そう言って、中野《なかの》重治《しげはる》以下、共産党と距離を保とうとしている近代文学派などの左翼文学グループをすべてばっさりと切ったのです。それが有名な「日本共産党礼讃」という戯文《ぎぶん》です。

時代はそんなふうに動き出していました。しかし、政治と文学という路線は、おそらく二十一世紀に入った今にいたるまで、形を変えてつづいているように思います。政治には政治の論理を見ず、文学の理想を期待する。ここでの文学は文化と言ってもいいし、文化主義と言ってもいいのですが、文化主義的な政治が理想だというのは今でもそうです。それがリベラリズムという名前に今日では変わってきているだけですが、リベラリズムで北朝鮮問題が解決しないように、政治と文学の両方にほどよくコミットし真ん中のバランスシートに居心地よく座っていようとする近代文学派の態度では、文学にも政治にも、どちらにも役に立つ有効な解決は何ひとつ出来ませんでした。

一九六〇年代末葉はこうした問題の矛盾が、はっきりと表に出始めてきている時代でした。全共闘運動というのは、中途半端な政治主義、例えば本多秋五や近代文学派たちが象徴する、ヒューマニズムやリベラリズムに名を借りた政治主義や、何もしないでぬくぬくと反権力を唱えているいい気な丸山眞男《まるやままさお》らの大学人たちに対する、若者たちの激しい叛乱だったわけではないですか。考えてみると、「お前たち、弾圧するなら徹底的に弾圧しろよ、給料をもらってんだろう」というあの言葉は、当たっているのです。当然これはアイロニーですが、政治と文学の狭間で、政治は政治の言葉で語るべきで、もはや文化主義的なことを言っていてもだめではないか。それが全共闘運動が突きつけた問いです。

全共闘運動は日本社会から忌避されて、体制顚覆《てんぷく》としては無効果でしたが、精神的・心理的には大きな意味があったのでひと言加えておきます。例えば東大の教授による知識人支配がゆらいだ。『白い巨塔』という作品がありますが、若い学者を地方や私立へ配置することを理由にうまくコントロールし、権力構造を作っていく、まさにあの世界のことです。全共闘の出現でそれが崩壊しました。権威めかした知識人という存在の意味がなくなってしまった。「白い巨塔」を崩壊させたのは全共闘運動なのです。これはあらゆる分野について言えることで、私が所属しているドイツ文学会などもそうです。そういう構造が潰《つぶ》れてしまいました。口でうまいことを言うだけで現実を見ていない知識人に対し、学生たちは白黒どちらかを突きつけた。だから、学者よりも学生の言っていることの方がいいというのが福田先生の考えであり、同じように、というよりもっとラディカルに、三島さんは反乱学生に共感を示したのです。文壇でも政治に対し、みなが政治の言葉で語り出した、と先ほどの私の引用に書いてあることはそういうことです。

「文学の宿命」からさらに次を引いてみます。

現実の問題を文壇用語でたくみに処理し、政治的な自由と文学的な価値とを曖昧に混同してきた折衷主義が、しだいにこうした具体行動の前に、見る影もなく見窄《みすぼ》らしいものとなりつつあるのは事実である。成程《なるほど》、今でもなお、文学と政治とを不分明に折衷したそういう教養主義風の政治観があとを絶っていないとも言えるのだが、もはや誰もそれを文学の問題とは受取らなくなっているのである。中途半端に政治の薬味をまぶした文学論は、たとえ文学論の体裁をとっていても、要するに政治的信念の表明にすぎない。そして政治的信念などというものは、所詮、相対的なものでしかない。もしも政治に絶対を求めるのなら、行動にまさるものはほかになく、文学の出るべき幕はもはやない。三島由紀夫氏の『文化防衛論』や、吉本隆明氏の『共同幻想論』や『情況』が文学であるのは、それが決して文学ではないからなのである。文学という土俵の外に出る以外に、政治はもはや文学とはなり得ない。文学をまず政治化しなければ、政治の文学化などは考えようがないような、ふわふわした、手ごたえのない現実を私たちは生きているからである。

（前掲「文学の宿命」）

当時の時代状況と、そのなかにおけるさまざまな知識人の力学が、こうした文章を読むことである程度お分りになると思います。しかし、行動そのものはまだ文学ではない、次はそう言います。

危機意識の健康さを所有している者には、行動そのものがすでに文学なのである。だが、行動は、それだけでは表現ではない。まだ文学ではない。『三島由紀夫VS.東大全共闘』の話題の一冊が、結局、袋小路につき当るのは、何といってもそこに表現が成立していないからである。三島氏が、生命の奔溢《ほんいつ》する極点に行動の限界を、死を見るという主題に、その後、例えば『蘭陵王《らんりょうおう》』(「群像」昭和四十四年十一月号)というような作品をかいて表現を与えることがどうしても必要だった所以《ゆえん》である。(同)

文学として表現に高めなければいけないわけですが、逆に言えば、文学者の政治的な発言や政治的な言葉で語ったものが、文学的にも表現性をもっていないと同時に、政治的に有効性をもっているのかどうか。そのことは考えないといけない。むしろ無効果であるから表現は過激になるし、それだけ行動も過激になっていくという観点がここに述べられています。

従って政治的な次元で言えば、「全共闘」の運動も、三島氏の率いる「楯の会」もともに有効性をもたないが、政治を倫理の次元で考える立場から言えば、どんな行動も今の日本の現実の内部では政治的な有効性を発揮することはないという自覚を確認したという点で逆説的な意味があるのである。つまり個人倫理の立場で政治的に何を企てても、それが真剣であればあるほど遊戯性を帯びざるを得ないような生ぬるい、泥沼のようにぶよぶよした現実の内部に私たちが閉じこめられて生きているという事実を、誰の目にもわかるように、実験的行動で明確化したところに意味がある。逆に言えば、政治を文学の主題とすることは可能か、という問題の限界を指し示すのに役立った。いつまでも空想的未来社会への夢に憧れ、幻想の自由を求めて宙ぶらりんに生きている教養人に、それはむしろ自己逃避であり、道徳の主題にも、文学の主題にもならないという事実を指し示すのには実験が必要であったし、さて実験の結果が、政治的に無効果であることが明らかであれば、一般の非行動の文学者には、政治を文学の主題とすることが益々難かしくなってきたというほかはない。政治はもはや個人のモラルにはなり得ない。どんな真剣も遊戯に終るというのではなく、遊戯以外に真剣などはあり得ないようなきわめて文学的な空間の中で、文学の非文学化が無気力にひろがっているというのが今の私たちの生きている現実なのである。

庄司《しょうじ》薫《かおる》氏の『赤頭巾ちゃん気をつけて』が爆発的な人気をよんだというのも、こうした状況を意識的に逆手《さかて》に取った賢さ（もしくはずるさ）がこの作家にあるからであり、多くの既成の文学者の意識のこわばりのなかで漫画風な饒舌体の非文学のみが真の文学だという批評的な自己主張がともかくこの作品にはある。（同）

「全共闘」の運動でも、三島さんの「楯の会」でも、政治は動こうとしないし、動かせない。現実に働きかけようと何をやっても無効果である。こういう状況で文学者が政治を扱うことができるのだろうか。第一次戦後派がいろいろと戦争の歴史を題材に小説を書いているけれども、そろそろ不可能になっているのではないか。非行動の文学者が、自分たちは何もしないで革命だとか理想社会だとか言っておきながら、戦争時代の過去の罪を洗いたてて小説を書いている。しかし非行動の文学者にとっては、政治を文学の主題とすることが今やますます難しい時代を迎えている。『赤頭巾ちゃん気をつけて』という作品がこの時期にベストセラーになったのですが、私は高いレベルの作品だとは思わないけれども、このような現実をおちょくった小説が、こうした形で出てくる必然性はあったと言っているのです。

三島事件をめぐる江藤淳と小林秀雄の対立

つづけて私はさらに次のように論を展開しています。

「楯の会」を率いる三島氏がこの作品を高く評価したことは興味深い。氏にとってまじめと遊戯とは紙一重の差である。そもそも文学は遊戯だという文学本来の立場に立てば、模擬軍隊の制服パレードのごときは、氏にとってはもっともまじめな、厳粛な行動となるのであり、まさしく氏の実生活なのである。どんなに巫山戯《ふざけ》てみえる、派手な行動も、ともあれそれが現実に起こっていることであれば、そこに文学的嘘は入り得ない。そして文学的嘘を純化するためには、作家の実生活に嘘はあってはならない。作家の「私」は実生活で死んで、作品の嘘の中で生きなければならないものなのである。だが、実生活に嘘が入らないですむようなどのような現実が今のこの日本に存在するだろうか。とすれば、江藤淳氏が『「ごっこ」の世界が終ったとき』（「諸君」

昭和四十五年新年号）で述べているように、三島氏のきらびやかな行動が広く日本の生活人一般の目に「○○ごっこ」に見えてしまうことは氏にとってはむしろ必要なことなのではないだろうか。（同）

『ごっこ』の世界が終ったとき」という文章は、江藤淳が間違いなく三島さんをからかうために書いたひどい文章です。しかし、江藤氏のジャーナリストとしての勘が冴えていたとも言える。どうしてかというと、昭和四十五年新年号掲載ということは、十二月の総選挙の結果がまだ明らかになる前に書かれたものだということが分ります。その直前、「ごっこの世界は終った、軍隊ごっこは終った、全共闘ごっこも終った、自民党に投票します」ということを書いているのは鋭い認識です。世の保守化をいち早く見抜き、人より一歩先に指摘したのでした。

なぜ「ごっこ」なのか。時の軍隊つまりは自衛隊が、一作家の私兵を入隊させて訓練させるとは何事か。そう江藤さんは言っているのです。また一方、全共闘は道路をバリケード封鎖し、解放区というものをつくって、交通を遮断し、戦争ごっこをする。警察はそれに対して遠巻きにするだけで、手を出さない。これは何事かというのです。江藤淳のこの言葉は、三島さんにとっては痛いものだったと思う。私は、江藤淳が三島さんを殺したと考えているくらいなのです。私は、この段階では三島さんを一生懸命応援している。三島さんを守ろうとしたのです。

最後の「三島氏のきらびやかな行動が……」の件《くだり》は、先ほど言った、実生活は嘘ばかりであり、現実がないような、ふわふわし、逆に『赤頭巾ちゃん気をつけて』がリアリティであるような現実のなかで、作家の実生活は、三島さんが楯の会のようなことをやっても、「氏にとってはむしろ必要なことなのではないだろうか」、なぜならそれは氏にとって実生活であり、そもそも作家にとって実生活なんてないのだから。「実生活で死んで、作品の嘘の中で生きる」とここにも書いていることにつながります。

「芸術」と「実行」の分離という芸術上必要とされていた三島理論を私はここで採っているわけですが、この理論は三島さんの死によって破綻します。死によって、実生活と芸術との二元論的生き方というテーゼは成り立たなくなったからでした。

ここから三島さんの死を経て、私がどう変わっていくか。その転身のプロセスはこれまでいっさい発言してこなかった。今日はそのことをお話ししているわけですが、江藤淳のこの「『ごっこ』の世界が終ったとき」は明らかな生存中の三島さんへの批判です。そして江藤淳は、三島さんが死んだときにも嘲《あざけ》ったのです。それが私には許せなかった。三島さんの死後に書いた「不自由への情熱」のなかで、私は江藤淳のこの点を非難しました。それを引いてみます。

三島氏の死に到った行動について、ある著名な評論家が、まるで白昼夢を見ているようで、死んでもなお本気でないようにみえるところがあるなどと、気楽なことを言っていたが、こういうことでは孤独な心の謎などはなにひとつ見えないし、時代のニヒリズムにも初めから目をふさいでいるようなものである。

（「不自由への情熱」『新潮』昭和四十六年二月号）

名を挙げていないが、当時誰のことを言っているかは明瞭でした。三島さんの死後、その死をからかう文章がたくさん出ました。しかしここで書いている白昼夢を見ているよう云々は江藤氏以外にはいませんでした。私の批判を誘発したのは、江藤氏が同じことを新聞にも書いていたのでそれだと思いますが、具体的証拠は『新潮　三島由紀夫読本』における中村光夫氏との対談での次の発言です。

江藤（中略）三島さんの小説には大体どこかこしらえものの感じがありましたね。

中村　ありましたね。

江藤　逆に言いますと、現実の事件を捨象してしまって、いまの論理の延長として考えると、最後の割腹自殺というものも非常に丹念につくり上げられた虚構ではないかという感じもします。それは太宰の情死と比べても、そういう感じがします。非常になまなましいはずなんですけれども、いまに至るまで、何か白昼夢のような気がしてならないのです。

（江藤淳・中村光夫「〈対談〉三島由紀夫の文学」『新潮』昭和四十六年一月臨時増刊号）

この発言に私は腹を立てたのです。

私はいま当時のいろいろな人の発言を集めて、後で検討するためここに並べておきます。じつは同じような発言を、江藤氏は小林秀雄の前でもしていて、小林さんから、お前は作家の孤独な心というものを信じないのか、と叱られる一幕があるのです。『諸君！』（昭和四十六年七月号）での対談でしたが、その部分を引きます。

江藤　秋成はもともと漢文のかなり読める人で、『雨月物語《うげつものがたり》』も、『醒世恒言《せいせいこうげん》』や『剪灯新話《せんとうしんわ》』のような中国の白話や雅文の小説の換骨奪胎といえないこともありませんが、それを『雨月物語』として日本語で書いたということ自体、漱石や鷗外の場合と同じような、和漢のあいだに身を置いたクリティックのあらわれだったと思います。それは日本語ということを、やはり秋成なりに真剣に考えたからでしょう。

小林　そうですね。だけど大体ああいうものが出たのは、徂徠《そらい》が前にいたからなんですよ。徂徠がいたからああいう学問の上での都会人、自由人が出てきたのですね。宣長と徂徠は見かけはまるで違った仕事をしたのですが、その思想家としての徹底性と純粋性では実によく似た気象を持った人なのだね。そして二人とも外国の人には大変わかりにくい思想家なのだ。日本人には実にわかりやすいものがある。三島君の悲劇も日本にしかおきえないものでしょうが、外国人にはなかなかわかりにくい事件でしょう。

江藤　そうでしょうか。三島事件は三島さんに早い老年がきた、というようなものなんじゃないですか。

小林　いや、それは違うでしょう。

江藤　じゃあれはなんですか。老年といってあたらなければ一種の病気でしょう。

小林　あなた、病気というけどな、日本の歴史を病気というか。

江藤　日本の歴史を病気とは、もちろん言いませんけれども、三島さんのあれは病気じゃないですか。病気じゃなくて、もっとほかに意味があるんですか。

小林　いやァ　、そんなことというけどな。それなら、吉田松陰は病気か。

江藤　吉田松陰と三島由紀夫は違うじゃありませんか。

小林　日本的事件という意味では同じだ。僕はそう思うんだ。堺事件にしたってそうです。

江藤　ちょっと、そこがよくわからないんですが。吉田松陰はわかるつもりです。堺事件も、それなりにわかるような気がしますけれども……。

小林　合理的なものはなんにもありません。ああいうことがあそこで起こったということですよ。

江藤　僕の印象を申し上げますと、三島事件はむしろ非常に合理的、かつ人工的な感じが強くて、今にいたるまであまりリアリティが感じられません。吉田松陰とはだいぶちがうと思います。たいした歴史の事件だなどとは思えないし、いわんや歴史を進展させているなどとはまったく思えませんね。

小林　いえ。ぜんぜんそうではない。三島は、ずいぶん希望したでしょう。松陰もいっぱい希望して、最後、ああなるとは、絶対思わなかったですね。

三島の場合はあのときに、よしッ、と、みな立ったかもしれません。そしてあいつは腹を切るの、よしたかもしれません。

江藤　立とうが、立つまいが……？

小林　うん。

江藤　そうですか。

小林　ああいうことは、わざわざいろんなこと思うことはないんじゃないの。歴史というものは、あんなものの連続ですよ。子供だって、女の子だって、くやしくて、つらいことだって、みんなやっていることですよ。みんな、腹切ってますよ。

江藤　子供や女の、くやしさやつらさが、やはり歴史を進展させているとおっしゃるのなら、このところは納得できるような気がします。だって希望するといえば、偉い人たちばかりではない、名もない女も、匹夫《ひっぷ》や子供も、みんなやはり熱烈に希望していますもの。

小林　まァ、人間というものは、たいしてよくなりませんよ。

（小林秀雄・江藤淳「歴史について」『諸君！』昭和四十六年七月号）

右は私の知る限り小林秀雄が一九六〇年代末の政治危機に本当に「危機」を感じていたことを示す唯一の証言といってよいかもしれません。小林は日本文化会議の活動を熱心に見守っていましたから、ある意味でこのことは自明でもありました。

小林秀雄の発言は、私の知る限り、もうひとつありました。冒頭に触れた『新潮』一月臨時増刊号・

三島由紀夫読本（昭和四十六年）の中での「感想」と題された見開き二ページの短文がそれです。自決をしらされてすぐ問われて書かれた談話筆記の文章です。終わりが次のように結ばれているのが印象的であったのを覚えています。

妙な話になつて了《しま》つたが、こんな事を言ひ出したのも、実は、数日前、未知のある団体から電話があつてね、三島氏の今度の事につき、有志のものが集まって哀悼の意を表したいのだが、ついては発起人になつて戴きたいと言ふのだ。あなた方は、哀悼の意を表するのに発起人を必要とするのか、お断りします。さういふ事があつたのです。やはり、孤独な事件とはつきり感じて、こちらもこれを孤独で受取るといふ事は、極く当り前の事のやうでゐて、さうでもないのかな。例へば、右翼といふやうな党派性は、あの人の精神には全く関係がないのに、事件がさういふ言葉を誘ふ。事件が事故並みに物的に見られるから、これに冠せる言葉も物的に扱はれるわけでせう。事件を抽象的事件として感受し直知する事が易しくない事から来てゐる。いろいろと事件の講釈をするが、実は皆知らず知らずのうちに事件を事故並みに物的に扱つてゐるといふ事があると思ふ。事件が、わが国の歴史とか伝統とかいふ問題に深く関係してゐる事は言ふまでもないが、それにしたつて、この事件の象徴性とは、この文学者の自分だけが責任を背負ひ込んだ個性的な歴史経験の創り出したものだ。さうでなければ、どうして確かに他人であり、孤独でもある私を動かす力が、それに備つてゐるだらうか。（小林秀雄「感想」『新潮』昭和四十六年一月臨時増刊号）

江藤氏のように自決をそらぞらしいこと、「一種の病気」と軽蔑口調で言う人の多い一方に、慰霊祭のようなものを大々的にやろうとする熱気のようなものも起ち上っていて、そのどちらにも距離を置こうとした小林秀雄の対応はいかにも彼らしい冷静さといえるでしょう。私は若い頃、傍観者的なこの賢者のポーズに少し不満を抱いたのを覚えていますが、今思えばこうしか言いようがなかったでしょうね。

小林秀雄は、三島の自決を日本の歴史につらなる個性的で、孤独な出来事とはっきり確言していきます。そこが重要です。前記対談の中で、江藤淳に向かって、「あなた、病気というけどな、日本の歴史を病気というか」の反論は踏みこんだ一語で、けだし名言と思います。日本の社会に危機感があって、革命前夜の雰囲気がありました。一瞬のうちにそれが過ぎ去り、たしかに「ごっこ」の時代に見えるに至ったわけですが、小林さんは全体をじっと見ていて、「あのときに、よしッ、と、みな立ったかもしれません。そしてあいつは腹を切るの、よしたかもしれません」と言っているのです。「ごっこ」ではない時代の、日本の運命が問われた緊迫した空気があったことを見落としてはいないのです。

第三章　芸術と実生活の問題

本書の目的を再説する

本書で私は三島文学を論究するのでも、三島さんの死をめぐる諸解釈を再吟味するのでもありません。三島さんの文学もその死をめぐる諸説も、本書の目的とする範囲を超えていることを今一度申し述べておきます。私は最初にも言った通り、死の前後に偶然この作家に精神的に関わった執筆者として、直前と直後に書いた自分の文章を取り上げ、前と後とで共通する主題を再提出するだけでなく、微妙な内容の変化と世間の反応の移動を思い出すままに報告したいのです。これが第一点です。

次いで私が三島さんの死の前に書いた文章に三島さん自身が生前反応したという興味深い事実があります。このことを私は今まで人前で話すことはありませんでした。私自身がそういう事実のあることを人に教えられたのは彼の死後です。私があえてそれを取り上げなかった理由は、今思い返すと複雑です。「三島事件」となったあの死以後、各方面の人々が、「私は三島さんからかくかくの次第で接近がなされ、今思えば謎の死の秘密を解く鍵だった」と言い立てるケースが数多くみられたからです。同じ仲間と思われるのがいやだというよりも、私のケースも同類なのかもしれないという思いは正直あります。

三島さんが寄せた私への関心を本気にしなかったのではなく（私は当時も今も本気にしています）、話題を遠斥《とおざ》けたもう一つの理由は、前にも申し述べた「恐怖」にあります。私は単純に怖かったのです。「三島と西尾は思考のパターンが似ている」と秘かに保守系知識人の仲間——当時の日本文化会議のメンバー、等――に噂された事実があり、私は威《おど》かされているような、からかわれているような不安定な心情に襲われました。

あの時点では「お前もテロリストか」といわれているのと同じですから、愉快なはずはありません。三島さんの私への言及を私が逃げたもう一つの理由は、後で詳しい分析を語りますが、ひょっとすると生前の三島さんを私が私の論理で死へ向けて追いこんだのではないかという内心の危惧の念があったからでした。今はそんな心配はしていません。しかし当時は不安でした。そう思った理由はそれなりにあるので、この件はだんだんにお話しします。

以上のような次第で、本稿は三島文学論でも、その死の総括論でもなく、死の直前と直後に彼に言及した一執筆者の体験の報告に目的を限定します。

三島さんに言及した私の論文の名を、ここでもう一度整理しておきます。

死の前

（A）**文学の宿命**　『新潮』昭和四十五年二月号（単行本『悲劇人の姿勢』新潮社所収）

死の後

（B）**「死」からみた三島美学**　『新潮』昭和四十六年一月臨時増刊号（単行本未収録）

（C）**不自由への情熱**　『新潮』昭和四十六年二月号（単行本『行為する思索』中央公論社及び『西尾幹

二の思想と行動』I、扶桑社収録）

さらに、（A）「文学の宿命」について二度にわたって三島さんが言及した文献は、

（D）**対談・三島由紀夫／三好行雄　三島文学の背景**　學燈社『國文學』昭和四十五年五月臨時増刊（五月二十五日発行）

であります。三好行雄《みよしゆきお》氏は東大の国文学の先生で、三島さんとほぼ同世代だと語っています。

芸術と実行の二元論

前章の後半で私はすでに（A）からかなりの分量を引用しました。近代文学派とその「政治と文学」のテーマを説明し、福田恆存《つねあり》のそれへの批判を解説する際にも、また政治行動の無効性と文学表現の問題を考える際にも、引用は役に立ちました。

一九六八―七〇年当時は、革命前夜を思わせるような政治的緊張が巷《ちまた》にあり、敵対する三島さんと東大全共闘が気脈を通じ合うような、極右と極左の思考と行動が一致するような微妙な時代感情が支配していました。それでいて、政治的有効性はそこにはなく、そのままでは文学的表現も成立しません。あの時代の日本社会のムードでは左右ともにすべてが遊びのようにもみえました。「楯の会」を率いる三島さんにとって、まじめと遊戯とは紙一重の差でした。模擬軍隊の制服パレードは今になってみればたしかにスキャンダラスです。ですから江藤淳に「『ごっこ』の世界が終ったとき」だと揶《や》

揄《ゆ》されたのもむべなるかなです。しかし政治の危機は本当になかったのでしょうか。一九二〇年代以来のマルクス主義かファシズムかという二者択一の問いが急にその地盤を失い、空しくなるその直前の思考と行動の世界的過激化が、日本社会をも襲ったということはなかったでしょうか。前章に取り上げたように、小林秀雄までが政治上の危機を実感していたことを示す証言がありましたから、本当に日本の運命がどうなるのか分らない危機はあのときあったのだと私は認識しています。

それでいて、政治の現実はなかなかにすっきり明確な形では現われませんでした。日常の現実は遊戯的で、何が厳粛であり、何が巫山戯《ふざけ》てみえるのか、その境目がはっきりしなかったのです。

三島さんは作家の「私」は実生活で死んで、作品の嘘の中で生きなければならないという意味の二元論を尊重していました。実生活と作品世界を直結する日本型私小説の否定理論です。作家の私生活上の自分とは別の創造的な嘘、高度の客観化された虚構の作品世界を理想とする小説の考え方です。ヴェルテルは自殺したが、ゲーテは死ななかった、は口癖でした。トーマス・マンは銀行員のような私生活を送っていたが、デカダンな小説を書いた。日本の私小説作家は自堕落な私生活を送ることによって、自分の苦悩を演出し、その反映としての破滅型小説を書く。それはおかしい。三島さんが太宰治を嫌ったのはこのせいです。

反体制左翼作家も、私生活上の正義と作品の美学とを混同する一元化という点において、三島さんのこの理論からすると私小説作家と同じ自我のあり方だということになるでしょう。そういう彼が、私生活において「楯の会」という反社会的な行動をする。これをどう解したらよいのか。そこで私は（A）において、「三島氏のきらびやかな行動が広く日本の生活人一般の目に『○○ごっこ』に見えてしまうことは氏にとってはむしろ必要なことではないだろうか」と敢えて書いた上で、論をつづけ次のように展開しています。

（略）空虚にふくれ上った今の日本の相対的な現実の中で、公認された実生活上の「私」を殺すためにはこれ以外はないという思いつめた考え方の上に立っているのではないか。少なくとも氏は正気なのである。そして、世間的には狂気の沙汰でしかない、かような行動の数々が、一方で氏の作品の様式美に歪んだ傷を与えていないことが、文学的にはもっとも肝腎《かんじん》な要点をなしている。ここには生活と文学、実行と芸術の二元論が自覚されているからである。『春の雪』以来わずかの期間に『わが友ヒットラー』『癩王《らいおう》のテラス』『椿説弓張月《ちんせつゆみはりづき》』など、ほとんど爆発的な仕事ぶりだが——そして今その評価をここでする積りはないが、——どの作品も政治参加という行動によって荒廃を蒙《こうむ》っていないことだけは確実である。実行の情熱に文学の情熱が救いを求めているような痕跡はない。実行の領域で片づけるべき問題は可能な限りその形式で実行し、そのことを文学の形象行為と混同しないという明確な意識の上に立っている。そのためにも氏の政治的主張が公認されないような内容であることはむしろ必要なのだが、しかしそうした前提に氏が過剰に依存していないとは必ずしも言えない。という意味は、死の行動のにぎやかさが作家として文壇的成功に甘えている結果だなどと言いたいのではない。ラディカルな行動が行き詰《づま》れば、氏にはいつでも文学にもどればよいという逃げ場があるという意味でもない。そういう風に安直に考えることができないほど、氏が実行の領域ですでにカタルシスを得て仕舞った部分があることの方にむしろ問題があるように思えるのである。世間の良識家は、氏の派手やかな行動の数々を単なるスキャンダルと見勝ちであるが、そういう上べの見方では作家の生のメカニズムの秘密に触れることはできない。それにしても、氏が敢えて公認されない極論に自分を追いこんでいく衝動を喝采《かっさい》する読者が一部に発生していることは、芸術家としての氏の創造意識にとっては決して有利なこととは言えないのである。厳密に「私」を殺すためには、氏はそういう読者をも否定しなければならないであろう。ために氏は益々自分をラディカルな限界点に置かなければならなくなる。だが、ラディカルな行動は、なんらラディカルな芸術性を保証してくれるものではない。実行と芸術の二元論が必要とされる所以《ゆえん》であるが、そのことがもたらす芸術上の悲劇を氏は決して自覚していない人ではないだろう。実行と芸術をあまりに截然《せつぜん》と区別したことから起るカタルシスが芸術に及ぼす作用というものは、氏が生涯背負っていかねばならぬ十字架であろう。

（「文学の宿命」『新潮』昭和四十五年二月号）

生活と文学、実行と芸術の二元論はたしかに三島文学の描き出した軌跡でした。ただし三島さんが自決してしまった後では、この理論もいかにも空しいというほかないのです。「ヴェルテルは自殺したが、ゲーテは死ななかった」が最終的に成り立たないからです。

右の引用文を書いている段階で私はまだ三島さんの自決を予感していません。ただ「氏が実行の領域ですでにカタルシスを得て仕舞った部分があることの方にむしろ問題があるように思える」と私は書いていますし、「氏が敢えて公認されない極論に自分を追いこんでいく衝動を喝采する読者が一部に発生し」、「氏はそういう読者をも否定しなければならないであろう。ために氏は益々自分をラディカルな限界点に置かなければならなくなる」と予言していることは、私としては気になる点なのです。

ここまで言わなくてもよかったのではないか、と。

「実行と芸術の二元論」は「芸術上の悲劇」だとも私はここで言っています。実行の領域で余りにもカタルシスを得てしまうと、芸術にはいい作用を及ぼさない。芸術が貧しくなる。それを避けるために、実行の方をさらに過激化させていく。それは危険ではないだろうか。そこまでは言っていないが、多分それは危険だと私は言いたかったのでしょう。「氏が生涯背負っていかなければならない十字架」というソフトな表現で終っています。

多分そのとき私はなにか不気味な予感をしていたのかもしれません。しかし、つづけて私は気を取り直して、二元論の芸術上の意義をあらためて次のように語りつづけています。

しかし、それにしても、三島氏と正反対の政治的立場を主張するひとびとと比較するなら、こうした二元論の自覚があるか否かは、かなり重要な、決定的な相違点をなすのである。今の日本では所謂《いわゆる》反体制的な主張をすることで、作家の「私」は実生活において死ぬことはない。従って、どうしても一方で作品の嘘に徹して生きようとする覚悟にも乏しいのである。作品を形成する上で、政治的な情念や倫理に救いを求め、それを迎える読者の意識によりかかってしまうところがある。ヒューマニズムや平和や反権力は、それ自体として誰しも抗言できない公認価値だから、作家の行動が過激化し、作品の様式美を破壊してしまっても、読者は多くそのことに気がつかない。実行において誠実でありつづける作家は、芸術家としても誠実であると安直に考える読者が多いからである。そういう一般の風潮に暗黙裡《あんもくり》に甘えかかっている作品の内側では、大抵、実行と芸術は不分明に混融し、作家のフィクションへの意識は衰退する。だが、そういうこともだんだんこれから通用しなくなるだろう。新左翼の提出した問は、何よりもそういう空想的政治主義の拒否なのである。そしてその結果、事態は漫画風にふわふわと浮游した「○○ごっこ」になりつつあるなら、旧左翼の政治的厳粛主義ほどもっとも事態から遊離した滑稽なものはないといえよう。旧左翼といっても、何も旧世代の特定の文学者を指すのではない。若い文壇人の意識の中にも、依然として政治的誠実さと文学精神とを混同している人は少なくない。例えば松原新一氏のような人はいまだに、空想的・教養的政治主義の動機の善のみを空漠として信じているひとりである。しかしながら、多くの文学者が、グロテスクな現実への過激な行動を目の前に置いて、一種の文学的言語の沈黙、表現の停滞現象に見舞われているのは、従来、わが国の文学がいかに深く文学外の要素に支配されてきたか、そして今や問題の所在が明らかになるにつれて、文学外への要素への依存心理によって成り立ってきた部分の文学が、否でも応でも裸の現実にさらされ、文学そのものがなすところなく茫然自失している有様を端的に示すものなのである。（同）

ヒューマニズムや反権力の情熱に溺れて、「作品の様式美」を破壊している作家のケースとして大江健三郎を念頭に置いていました。

私の評論「文学の宿命」に対する三島由紀夫の言及

（A）の次に活字になったのは（D）です。三カ月ほどの差です。

（D）の対談を私が知ったのは三島さんの死の後でした。大変に興味深い、内容のある対談なので、以下にある程度詳しく紹介したいと思います。

東大教授の三好行雄氏が最初に戦争体験の話題を出します。「三島さんの敗戦の受けとめ方というのは、どうなのですか。〝時代に裏切られた〟という感じは、おもちになりませんでしたか」という質問に、次のような三島氏の答えが用意されています。

三島　さあ……。ぼくは、それほどつきつめてなかったのだと思いますね。とにかく肌が合わないというか、とにかく感覚的にいやだ、それはいまだに続いている。戦後の現象に対しても。それでは、戦争中はそんなに肌が合っていたかといえば、これも合わない。だからやはり、一種のロマンティケルというのは、どの時代にしたって、感覚的な嫌悪をもつのでしょうね。まあ戦中は、自分は、ある意味で無資格の人間ですわ。からだは弱いし、兵隊にはあまり向かない人間だし。ですけれども、無責任でいられるというか、勤労動員先にいても、だれも就職の心配するやつなんかいない。ある意味では完全雇用の時代ですから。そして、明日のこと、何も考えなくていい。そのなかで文学やっていたというのが、忘れられない。けっきょく、それだけではないでしょうか。

三島　おそらく、あとになっての感じでしょうけれども、「終わりだ」と思っていたほうが、自分のほんとうの生き方で、「先があるんだぞ」という生き方は自分の生き方ではないんだ、という思いがずうっと続いていますね。いまだに続いています。

三島　それは、作家は、人生でいろいろに変貌してきますから、いろんな形が現象的に変わりま《（ママ）》けれども、「明日がない」という生き方をしたい気持ちだけは、今も昔も、ちっとも変わらない。ただ、表われ方が違うだけで、「明日がない」という生き方をしたい気持ちは、変わりはない。それをどういうふうに正当化するか、という問題ですよね。「金閣寺」的な正当化のしかたもある。それをやり尽くしたのですから、また別の方向で正当化しなければならない。だけれども、自分に明日がないということは、確実である、と。確実というのは、そう信じたいわけでしょ。「明日がある」という生き方をするのだったら、うそついたことになるから、いやだ。今でも、ぼくはそう思っています。

（三島由紀夫・三好行雄「三島文学の背景」『國文學』昭和四十五年五月臨時増刊号）

以上のようないくらか切迫した、非日常的なことばを残した後で、質問に答えて、三島さんは例の「芸術と生活の二元論」について、そのときの自分の条件に即して、次のように語ります。その中で私の「文学の宿命」への言及があります。ここは大切な部分なので少し長い引用になります。

●小説の世界——必然性と不可避性

三好　そういう三島さんが小説をお書きになる場合に、小説を書くという行為をどういうふうに、自分のなかで位置づけていらっしゃいますか……。

三島　小説を書くということですか。

三好　ええ。

三島　ひと口にいうのはむずかしいですけれども、ぼくは「芸術と生活の二元論」というか、そういう考えをトーマス・マンなんかに教わったわけです。太宰（治）さんに対する批判もそういうところから出てくるので、芸術と生活を一元化するのは、非常に危険な傾向である、芸術もだめにするし、生活もだめにする、ということを考えていたわけですけれども。小説を書くというのは、ことばの世界で自分の信ずる「あすのない世界」を書くことですね。そして、あすのない世界というのは、この現実にはありえない。戦争中はありえたかもしれないけれども、今はありえない。今、われわれは、来週の水曜日に帝国ホテルで会いましょうという約束をするでしょう。戦争中は、来週の水曜日に帝国ホテルで会いましょうといったって、会えるか会えないか、空襲でもあればそれまでなんで、その日になってみなきゃ、わからない。それが、つまりぼくの文学の原質なのですけれども、今は、来週の水曜日、帝国ホテルで会えること、ほぼ確実ですね。そして文学は、ぼくのなかでは依然として、来週の水曜日、帝国ホテルで会えるかどうかわからないという一点に、基準がある。それがぼくの、小説を書く根本原理です。ぼくは文学では、そういう世界を、どうでも保っていくつもりです。それはぼくの悲劇理念なのです。

三好　なるほど、よく分かります。

三島　悲劇というのは、必然性と不可避性をもって破滅へ進んでゆく以外、何もない。人間が自分の負ったもの、自分に負わされたもの、そういうもの全部しょって、不可避性と必然性に向かって進んでゆく。ところが現実生活は、必然性と不可避性をほとんど避けた形で進行している。偶然性と可避性といいますか、そうして今の柔構造の社会では、とくにそういうような、ハプニングと、それから、可避性といいますか、こうしなくてもいいんだということ、そういうことで全部、実生活が規制されてしまう。

　そうするとわれわれも、ある程度、その法則に則って生活しなくては生きられないわけですから。それで来週の水曜日、帝国ホテルで会うということについても、ある程度、迂回《うかい》作戦をとりながら、その現実に到達するために努力する。ところが、芸術では、そんなことをする必要はまったくないのですから、来週の水曜日、会えないところへしぼればいいわけですよね。ぼくにとっては、そういう世界が絶対、必要なのです。それがなければぼくは、生きられない。ぼくは、来週の水曜日、だれそれに会えるなんてことを信ずることが、いやなのです。許せないことなんです。ところが、現実には会える、会ってしまうでしょ。会ってしまうというのは、これは、平和だからですね。そして文学以外のことだから、人と人とが会ってしまうのだろうと思う。それがわれわれの生活ですから。ぼくは生活は生活でやる。生きているから、しかたがない。

しかし、文学の世界では、それが会えないという状況を追及する。それがぼくの、小説を書く意味ですね。ぼくの小説があまりに演劇的だ、と批評する人もありますけれども。必然性の意図と不可避性の意図が、ギリギリにしぼられていなければ、文学世界というもの、ぼくは築く気がしない。それはぼくの構想力の問題であり、文体の問題でもあるんですが、あるいは、法律を勉強したのが多少、役に立っているかもしれません。犯罪が起これば、これは刑事事件ですから、そこで刑事訴訟のプロセスが進行するわけでしょ。これは完全に、必然性と不可避性の意図のなかに人間をとじこめてしまいますからね。そういうものがぼくにとっては、ロマンティックな構想の原動力になるので、私の場合「小説」というものはみんな、演劇的なのです。わき目もふらず破滅に向かって突進するんですよね。そういう人間だけが美しくて、わき見をするやつはみん

な、愚物《ぐぶつ》か、醜悪なんです。　（同）

三つ挙げた前の引用文中に、「『明日がない』という生き方をしたい気持ち」という言葉があり、そしてその次の引用文中に、「来週の水曜日、帝国ホテルで会えるかどうかわからないという一点に、基準がある。それがぼくの、小説を書く根本原理です」という印象的な言葉に引き継がれている悲劇観・運命観は、ある意味ですべてを予言しているように思いました。三島文学において長篇小説より、短篇や戯曲が秀《すぐ》れているのもここに関係しているでしょう。『豊饒の海』という最大の野心的長篇小説の進行中に、三島氏の実生活は未曾有《みぞう》の政治危機に臨む「楯の会」を引き連れた切り込み隊長の日々でした。文字通り明日がないことを覚悟した生き方でした。

三好氏との対談のつづきは次のように展開されます。

●芸術と実生活

三好　分かりました。そういう世界を三島さんが創造されるとして……。

三島　それがなければ生きられないから。

三好　その場合、創造したことの、リアクションといいますか、反作用みたいな力が、こんどは実生活へ及んでくるという逆の形はありませんか。

三島　それはヴァレリイもいってるように、作家というのは、作品の原因ではなくて、結果ですからね。自己に不可避性を課したり、必然性を課したりするのは、なかば、作品の結果ですね。

ですけれどもそういう結果は、ぼくはむしろ、自分の〝運命〟として甘受したほうがいいと思います。それを避けたりなんかするよりも、むしろ、自分の望んだことなんですから……。生活が芸術の原理によって規制されれば、芸術家として、こんな本望はない。

ぼくの生き方がいかに無為にみえようと、ばかばかしくみえようと、気違いじみてみえようと、それはけっきょく、自分の作品が累積されたことからくる、必然的な結果でしょう。ところがそれは、太宰治のような意味とは、違うわけです。ぼくは芸術と生活の法則を、完全に分けて、出発したんだ。しかし、その芸術の結果が、生活にある必然を命ずれば、それは実は芸術の結果ではなくて、運命なのだ、というふうに考える。それはあたかも、戦争中、ぼくが運命というものを切実に感じたのと同じように、感ずる。つまり、運命を清算するといいましょうか。そういうふうにしなければ、生きられない。運命を感じてない人間なんて、ナメクジかナマコみたいに、気味が悪い。

三好　その場合に、いまいわれた〝運命〟といいますか、作品からの反作用を、実生活で三島さんが引き受けられたものが、こんどもうひとつ、作品に対してはどうなのですか。作品への二重の往復関係……、つまり三島さんの場合に、作家としての、ひとつの文学活動としての行為があって、そういう文学作品が、生活者としての三島さんをはさんで、作家としての行為から逸脱してゆくという形は、起こらないわけですか。

三島　起こらないですね、次元が違いますから。

三好　なるほど、そこで芸術と実生活が切れるわけですね。

三島　そうです。「新潮」の二月号に西尾幹二さんがとてもいい評論を書いている。芸術と生活の二元論というものを、私がどういうふうに扱ったか、だれがどういうふうに扱ったかについて書いている。日本でいちばん理解しにくい考えは、それなんですよね。それで、作品と生活との相関関係ということが、私小説の根本理念ですから、その相関関係を断ち切ることは、絶対できない。私の場合は、作品における告白ももちろん重要ですけれども、実は告白自体がフィクションになる。作品の世界は、さっきも申し上げたように、かくあるべき人生の姿ですからね。もし、自分が作品に影響されてかくあるべき人生を実現できれば、こんないいことはないわけですけれども、逆にそうなれないというのが、人生でしょ。

そうなれないことが人生で、それでは、そうなれない人生をもっと問題にして、どうにもならんことを小説に書けばいいではないか、という考え方も出てくると思う。しかし、ぼくは、それは絶対やりたくないですね。死んでも、やりたくない。そういうことを書く作家というのが、きらいなのです。小島信夫の「抱擁家族」などというのは、そうならない人生を一生懸命書いているわけです。そうなれない怨念を書くのが文学だとは、ぼくは決して信じたくない。

文学というのは、あくまで、そうなるべき世界を実現するものだと信じている。告白といいますけれども、告白も、かくあるべきだ、こうなりたいんだ、けれども、こうならなかったという、それを語るのが、告白であって、告白と願望との関係は、ひと筋なわでゆかないと思いますよ。人はいつでも、告白するとき、うそをついて、願望を織り込んでしまうと思うのです。

三好　芥川（龍之介）も、ルソーの「懺悔録《ざんげ》」にさえ嘘があるといってますね。ですから、そういう信条をお持ちの三島さんが、絶対に私小説をお書きにならないだろうというのは非常によくわかるのですが……。たとえば三島さんが、現実に剣道に精進《しょうじん》されて、一方で「剣」という作品がありますね。そうすると、そこで、ちょっと不思議なのは、三島さんの場合にむしろ実生活が作品を追いかけているという形がある。

三島　ときどき、そういう倒錯が起こるでしょうね。起こりますけれども、太宰さんみたいな形ではないと、ぼくは自分では思っている。

三好　そうですね。私も、それははっきり違うと思います。（同）

作家の実生活は作品の原因ではなくて結果だ、とまず言っていますね。だから芸術のために実生活が規制されたり、無理を強《し》いられたりしても、そしてそれがどんなにバカバカしく他人の目に映ろうとも、自分には本望である、とも言っています。そのために実人生が不本意に終っても、自立した芸術作品が残せればいい。実生活と芸術は切れている。それに反し多くの日本の作家は不本意な実人生をそのまま語る、告白する、それを文学だと心得ている。告白だってウソが入るではないか、と三島さんは考えています。ならばウソと自覚した告白を自分なら創り出す。告白を生活とは別の芸術世界にする。それが三島さんの覚悟でしょう。太宰治も「ヴィヨンの妻」などはなかなかずるくて、悲惨な実生活を作品の上で演出している。そういう二重性があるのですが、方法論的に意識されてはいない。

さらに次のように話はつづきます。

三島　というのは、谷崎（潤一郎）さんが「茶道のことを書くには、十年、お茶をやらなければいけない。たいへんで書けない」という意味のことをいっていました。それと同じで、ぼくは、ようやく剣道を書けるかなと思ったのは、十年くらいたってからですね。ところが、さあ書こうと思うと、全然、自分の知っている剣道では役にたたない。うまい人の剣道をみにいく。いい試合など見にいって、ずいぶんスケッチしました。

三好　そうすると、自衛隊へ入隊されたりするその出発点も、文学とは無関係なところから、やはり出てくるわけですか。

三島　ええ。

文学と関係のあることばかりやる人間は、堕落する。絶対、堕落すると思います。だから文学から、いつも逃げてなければいけない、アルチュール・ランボオが砂漠に逃げたように……。それでも追っかけてくるのが、ほんとうの文学で、そのときにあとについてこないのは、にせものの文学ですね。ぼくは作家というのは、生活のなかでにせものの文学に、ばかな女にとり囲まれるように、とり囲まれていることが多いと思うのです。だって、ふり払ったことがないから。自分が〝もてる〟と思ってますからね。

ところが、それをふり払って、砂漠の彼方《かなた》に駆けだしたときに、そのあとをデートリッヒみたいに、はだしで追いかけてくる女は、ほんとうの女ですよ。ぼくはそれが、ほんとの文学だと思います。ぼくの場合は、できるだけ文学から逃げている。するとはだしで追っかけてきてくれる女がいる。それが、ぼくの文学です。その女に、やさしくしますよ。そのときに、小説を書くわけですね。二十四時間、文学に囲まれていたら、堕落の一路があるだけです。（同）

三好行雄氏との対談は二十七ページに及ぶかなりの長さです。この後、トーマス・マンの生活と芸術の二元論のこと、谷崎潤一郎や保田與重郎《やすだよじゅうろう》のこと、謡曲は明晰であること、自分の芝居の中で評価している芝居は「サド公爵夫人」と「わが友ヒットラー」の二作であって「鹿鳴館《ろくめいかん》」はきらいであること、人間は自由意志によって選択するが、自由意志が最高度に発揮されたとき選択するものは決まっていること、ゲーテの「美しいものよ、しばしとどまれ」というのは歴史意識で、歴史は持続するものであるけれども同時に流れを止めるものだ、ということ等、簡単に書き尽くせないほどにじつにさまざまなテーマが引き出され、語られています。そして、そうした後で、ご自身が「人斬り」という映画に出演した一件について問われて、そのあと「楯の会」と「人斬り」は別だといい、彼本来のテーマに向けて議論を発展させてこの長い対談を終結させている。その途中でもう一度、私の評論「文学の宿命」に言及しています。

●「人斬り」の場合

三好　それともう一つ、最近、「人斬り」という映画を拝見しましたけれども、あれは、どういうふうなことなのですか。

三島　出たのは？

三好　つまり、こんどは自分の肉体で、何かを表現するというわけですか。

三島　そうでもないのですけれども、ちょうどたまたま、あの話があったときに、親しいプロデューサーに相談したら、あれはいいプロダクションだから、出ても損はないですよ、というのです。それから、本を読んでみたら、出演場面がいたってすくない。しかも、とっても効果的な出方をするから、これは得だわいと思って。労力はいらなくて目立つ。それで、やることといったら立ち回りが多いから、これは居合いだの剣道だのやってれば、そんなに心配いらない。いろんな点でこれは楽だ。楽で、得するのならば、出た方が得ですよ、とプロデューサーがいうから、すっかりその気になって、出たのです。そうしたら、おもしろくて、おもしろくて。立ち回りの撮影を、三日間ほどやったのですけれども、もう東京へ帰るのが惜しかったですね、あと一週間くらいやりたくて。おもしろいのなんのって。剣道の試合だと自分が負けることもありますけれども、映画では、相手は必ず、斬られて引っくり返る。また、その斬られ方のうまいことね、アッといって、さわるかさわらないかに倒れてしまうでしょ。愉快ですよ。ほんとにおもしろかったですね。たまには、そういうこともやってみたい。

三好　あれはそうすると、やはり、遊びなのですね。

三島　遊びですね。あれは純然たる遊び。遊びをしてお金をもらって、ほんとは悪いことですけれどもね。お金もらったときに、ほんとに悪いような気がしました。

三好　だけど、外の人間たちは、そういう三島さんのあれを……まあ、意味づけようとするわけですね。

三島　意味づけようとする。何の意味もないですね。

三好　たとえば、「楯の会」を率《ひき》いていらっしゃる三島さんとか、そういうものを全部、相対化して。

三島　でも「楯の会」は、ぼくはまじめにやっている。「人斬り」とは違いますよ。

三好　いや、そうではなくて。小説もふくめて、それから「楯の会」みたいなものと、それから、写真集のモデルになられるとか、映画に出られる三島さん、という、そういうすべてを相対化して意味づける……。

三島　ただ、「楯の会」は違うなあ。ぼくにいわせれば、「楯の会」だけは違う。こんど、西尾幹二がそのことを非常にうまく書いている。西尾幹二の、こんどの評論は、ぼくの、芸術と行動とのあいだの、つまりギャップみたいなものを、統一的に説明した、いい評論だと思う。だれもいままで、やっていないのです。

●「楯の会」の場合

三好　ああ、そうですか。その「楯の会」が違うということは……もうちょっとおっしゃっていただけませんか。

三島　違うというか、「楯の会」というのは、いまはべつに何もしてませんけれども、場合によっては、〝からだを張る〟という性格のものですから、へたすると、あれで死ぬかもしれないです。

三好　やはり、そこまで……。

三島　思っていますよ。

三好　行動体としての原則ですね。

三島　そうです。ひょっとすると、あれで死ぬかもしれない。もちろん、そんなこと無いかもしれません。まあ、ばかばかしいといえば、ばかばかしい。それで、なんともなくて、つまり一種のお祭りですんでしまって、「人斬り」やなんかと同じになってしまうかもしれない。だけれども、映画で死ぬということは、まずない。それから、写真のモデルで死ぬということは、まずないです。「楯の会」はひょっとすると、それで死ぬかもしれない。そんなことは、まだわからないわけでしょ。そのくらいの覚悟があって、やっているのですから、ちょっと、ほかとは違うわけです。映画は、少なくともそんなことはないですよね。

三好　そうすると、三島さんのモチーフの中には、「楯の会」を通じて、現実に対する、ひとつの行動的な働きかけがなされるという事態もふくまれている……。

三島　それは必然的に、そうです。それで、それがないかもしれないのです。ぼくはけっして、全共闘みたいに、十一月に死ぬぞとか、九月に死ぬなんて、そんなばかなことといいませんよ。でも、ひょっとすると、それが原因で死ぬかもしれないという可能性は、中にあると思います。世間の非難も承知のうえですし、それから、政治的にも非常に色がついてしまうし、何かのシチュエーションの中では……そんな、全然、冗談でぼくはああいうことをやっているのではないのです。ですから、それはちょっと違う。それは、何年かたってみれば、三島はあのとき、あんなことをやっていたけれども、けっきょくあれも、お遊びだったではないか、というかもしれない。

（同）

「人斬り」と「楯の会」を世間は同じように見ていたのですが、三島さんが違うとしきりに言うところが面白いし、今思えば意味深長です。たしかに真剣度においてまったく違う別の行動ですが、三好氏が「認識」と「行為」を分けて、「楯の会」の活動はどこまでも「認識」の延長線上にあると知識人らしく知的行動として意義づけようとしているのは特徴的です。ところが、三島さんは次の引用であえてそれに逆らっている。そこがまた微妙に面白い。

三好　いや、お遊び……、ではないでしょう。だけれども、三島さんの場合「楯の会」を主宰なさっている三島さん自身は、最後まで認識のなかにいて、つまり、認識が行為と触れあうといいますか、そこの極限にまで、認識をずうっと拡大してゆく形、というふうなものではないわけですか。

三島　それはね、偶然で、それこそ歴史というものですね。どこかで、何かと触れ合わせれば、ひょっとすると、命にかかわることになるかもしれない。そんなこと、わからないですね。

三好　ぼくは「楯の会」というのは、三島さんの文学のなかから、つまり、認識を対象化してゆくという仕事を通じて、それがなんか、行為の世界へずうっとひろがっていった、その極限での触れ合いみたいな形なのであって、「人斬り」というのは、それとは違うというふうに……。

三島　ぼくは、死ぬということ、いうのはきらいなんです。人間が、死ぬなんていうこと、かるがるしくいうべきではないと思います。ただ、文学で死ぬというのは、ぼくはいやなのですよ、とっても。たとえば、文学的に行き詰まって自殺するなんていやですけれども、そうでない死に方ならば、してもいいと思う。でも、そうでない死に方というのは、文学ではできませんから、「楯の会」はなんかそういう、あるシチュエーションでは、そういう動機になるかもしれない。そんなことは、まったく偶然ですから、わからないですね。今の状況みると、あまりそんなこともなさそうですけれども、わからない。ただ、少なくとも始めるときには、そのくらいの覚悟もって始めたのですから、これをやって自分が生き延びようとか、これやって怪我《けが》しないでおこうなんていう気は毛頭もってなかったですね。

三好　そうですか。そういうものね……。

ぼくは三島さんというかたは、認識の可能性を、極限にまでもってゆく、そこからの発想なのかな、と思っていたのですよ。

三島　いや、ぼくはやはり、計算外というものに、いつも、あこがれますからね。計算する人間であるがゆえに。そして、文学で計算外というのは、ほとんど、その可能性は信じられないですね。文学以外なら計算外ということはありうる。自分があるものにコミットすれば、リアクションがきますし、それから、それに対してどういうような動きが、どういうふうに出るか、わからないですから。

三好　非常に失礼ないい方かもしれませんが、三島さんがそういう「楯の会」の側に行ってしまわれたら、三島さんの築かれた文学世界の意味が、ちょっと違ってくるのではないか、ということはありませんか。

三島　そんなこと、ぼくは何も心配しません。文学は文学だし、それで、それにとらわれて文学読む読者なんか、どこかへ消えてなくなればいいと思うのです。たとえば、ぼくが「楯の会」やっているから、ぼくの小説読みたくないといったら、「ああ、どうぞご随意に、読まないでください。ゴミ箱に捨てるなり、はばかりに捨てるなりなさい」というだけですね。

三好　三島さん自身のなかでも、そういう割り切り方というのは、非常にはっきり……。

三島　はっきりしています。なかには、ずいぶんいますよ。「あんなもの始めてから、おまえの小説なんか、読む気がなくなった」と。ほんとに「ご随意にどうぞ」というだけですね。（同）

三好氏が「三島さんがそういう『楯の会』の側に行ってしまわれたら、三島さんの築かれた文学世界の意味が、ちょっと違ってくるのではないか」と言うくだりを読んで、今のわれわれ読者はギョッと立ち停まるでしょう。「認識」が「行為」に、「芸術」が「実行」に最後についに呑み込まれてしまった今の立場に立てば、三好氏の「文学世界の意味が違ってくる」の言葉は予感に満ちた目を引く一行です。

そしてそれに先立つ対談中のその少し前の三島さんの発言部分もやはり今からみると不気味です。自分は計算外というものにあこがれている。文学以外のことなら計算外ということはあり得る。「楯の会」は遊びではない。これでひょっとすると死ぬかもしれない。彼の自決の約半年前の言葉です。

私の書いた「文学の宿命」など、じつはなにほどのものでもありません。ただ、緊迫した心の状態の中にあった三島さんの目に触れ、一時的にでも彼が自分のことをうまく説明してくれている論文だと歓迎していることとは、私の問題ではなく、あの時代の三島さんの問題として、気になる一件ではたしかにあるでしょう。「生活と芸術の二元論」は私が指摘したからではなく、三島さん本来のテーマであるのを私が取り上げ、あらためて説明に用いたからこそ、ぴったりとこのときの彼の行動と文学の関係の説明にフィットしていたのだといえるでしょう。けれども、自決によって、二元論はついに無効になりました。死ぬことで、生活と芸術は別個の領域ではなく、一元化してしまったからです。

それだけに、生活と芸術を何とか区別し、二元の原理で生きて、最後まで芸術の独立を守ろうとしていた三島さんの当時の切ない息づかいが右の引用の中にも感じられるのではないでしょうか。

「生活と芸術の二元論」に基づいた私の評論の分析の仕方が、三島さんの心の琴線に触れていたことは二度にも及ぶ言及からみても決して偶然ではありません。私はそのことを自分の手柄だと言っているのではなく、この問題意識に限って、すなわち生活と芸術を切り離すという意志がいかに必要かという論理的分析に限って、三島さんと当時の私がきわめて近接した思考の組み立てをしていたことは紛れもない事実であったろうと確認しているのです。いつの間にか三島さんの思考が私に乗り移っていたのかもしれません。（A）で私が書いたと同じような内容が（D）の三島さんの対談中の言葉の中で躍動しています。私は三好行雄氏との彼の対談を死後もしばらく経ってからしか読んでいません。私の知らない処《ところ》で、三島さんが私と気脈の通じ合う表現をくりかえし語っていたことがむしろ当時の私には意外であり、驚きでさえありました。

当時「楯の会」を率いていた三島さんは、この「生活」の部分を自分の小説の世界、「芸術」の部分から切り離すことを切実に求めていた現われなのではないでしょうか。私は（A）で、きわどい淵に立たされている三島さんの心境に不安を抱《いだ》いていたのです。「氏が実行の領域ですでにカタルシスを得て仕舞《しま》った部分があることの方にむしろ問題がある」と私は書きました。「氏が敢《あ》えて公認されない極論に自分を追いこんでいく衝動を喝采《かっさい》する読者が一部に発生していることは、芸術家としての氏の創造意識にとって決して有利なこととは言えない」とか、「ラディカルな行動は、なんらラディカルな芸術性を保証してくれるものではない」とか言ったのは、三島さんにはかなり過酷な表現ではなかったでしょうか。彼は苦境にあったのです。それなのに私は、「芸術」を守るためには、「生活」を益々ラディカルにするのが二元論の赴くところ必然の道筋だというようなことまで言ってしまったのです。危ない所にいる人を煽《あお》り立て、追い討ちをかけているみたいでした。

私は三島さんの自決を当時まったく予想していませんでした。けれども不安は抱いていたに違いありません。それでいて私はいくらか面白がってもいるのでした。何という心ないことをしたのだろう、と、今は後悔しています。若い新人評論家の片言隻句《へんげんせっく》になにほどの意味もなかったことはたしかでしょう。ただしある特殊な心理的条件下にあった作家が、たとえ若輩批評家の言であろうと、その表現に説得されていた場合には事情は異なり、深刻さを意味します。

作家三島由紀夫の自決の数カ月前に、悲劇を予感させる作家と若い批評家の言葉は交叉し、どこか響きを同じくし合って、不気味に反響し合っていたのでした。

三島の死に受けた私の恐怖

昭和四十五年（一九七〇年）十一月二十五日を迎えたとき、当時私は静岡大学の専任講師でしたが、任地にではなく、東京の親の家にいました。あのニュースはテレビで見たのです。テレビは茶の間にあり、私は玄関口の電話器にとりかかっていました。そこから画面が見え、バルコニーに立つ三島さんの姿が目に入りました。私は立っていた膝ががくがくと震えました。なぜ震えたのか、なぜあれほどの衝撃を受けたのか、今になってもよく分りません。

言葉で語られていることと、実行されることとはまったく別です。まさか本当に？　とか、よもや実際に？　といった言葉にならぬ言葉が私の心中を激しく横切りました。

一九六九年末の総選挙で自民党が大勝し、街頭の騒乱はいっぺんに鎮まりました。そしてそのときからでさえ早くも大略《たいりゃく》一年が経っていました。大学は秩序をとり戻し、表向き平静で、街の日常生活は以前と変わらぬ安穏《あんのん》な様子に立ち還っていました。

世の中は静かになった反面、一部の過激派の青年はセクト化し、どこかに隠れて、さながら洞窟の中で不毛な論理の牙を磨くかのごとく、ますますラディカルになっていました。その間に、過激派学生と同様に振り上げた拳《こぶし》を下ろせない三島さんが、大変に苦慮していることは十分に察していましたが、私もまた大学や言論の世界で、孤独な憤《いきどお》りを秘かに内心に抱《かか》えていましたので、三島さんの桁外れの「孤憤」を思いやる余裕がありませんでした。

保守化し安定していく大衆社会の中で、知識人の多くは自分をごまかし、沈みこんで行く。私はそれを拒否する感情を持っていました。そのころ、「幻想のなかへ逆戻りするな」（『サンケイ新聞』昭四四・一二・二三）とか、「紛争収束後の安易な保守感情を疑う」（『自由』昭四五・三）などという論文を書いていました（以上、評論集『悲劇人の姿勢』所収）。学生たちに同調して変革を訴えていた大学教師たちが、学生たちを裏切ってきれいごとを言い出したことが私には許せなかったし、永遠に「自分」というものに突き当らない言論人の自己隠蔽病《いんぺいびょう》を黙視できなかったのです。そういう言論人は進歩派、保守派を問わずゴマンといました。昨日までの自分の言葉とは平気で逆のことを語る彼らの無責任は信じられない規模で広がっていて、私は三島さんとこの点で怒りを共有して生きていると当時信じていて、そこで満足していたのです。

三島さんの自殺に直面したとき、私が身体に震えがくるほど衝撃を受けたのは、三島さんと時代への怒りを共にしていると秘かに自惚《うぬぼ》れていたことと関係があります。私は自分が問われている、と直感したからです。三島由紀夫は知識人たちに向かい、お前たちに出来るか、お前たちはこれまで言ってきたことをなぜ実行しないのか、と言っているようにまっすぐに聞こえたのです。だから彼の個人的な芸術上の問題や、生理的、心理的な人間性の問題、といったことはすぐには思い浮かばず、政治的に私は私自身が問責されたと理解した次第でした。三島さんの自決は私に矢のように突き刺さり、お前の怒りなんか偽物だよ、と叱られたような気がしたのでした。恐しさを感じた一番大きな原因がそれであったと思います。

今から考えれば、私がそんな風に自分を責める理由なんかなかったでしょう。たとえ政治的課題を共有していた人でも、「三島の死は一種の脅迫で、迷惑だ」と思った人は少なくありません。察するに、福田恆存《つねあり》氏はそう思ったのではなかったか。福田氏は事件に対しノーコメントでした。私がそうなれなかったのは私の若さであり（必ずしも未熟という意味ではありません）、三島さんの日頃の行動に対する私の尊敬のせいでした。

それに、全身に震えるほどの恐怖を感じた理由は明らかにもう一つあります。正直いうと私は自分の立場がこれでいっぺんに失われたのではないかという未来への不吉な予感を覚えました。私は言論界に自分のいる場所はこれでなくなった、と瞬間的に理解したのです。そして、事実その通りになりました。若かったから、私はなんとか立ち直れたのです。そのへんの事情は後でもう一度記します。

ジャーナリズムは怖いもので、一番ものを言いたくないときに書かされます。しかも、若い書き手が一番困っているときに、一番困っているテーマを書かせるのがジャーナリズムの常です。ですが、そこで逃げたらおしまいです。

（B）と（C）の二論文が短時間で完成を求められました。（B）「『死』からみた三島美学」は事件の七日後が〆切りで、それの載った『新潮』一月臨時増刊の雑誌が店頭に出たのは十二月十一日でした。（C）「不自由への情熱」に許された執筆時間も記憶では約二週間で、これは『新潮』二月号ですから年内校了であったはずです。

（Ｂ）の標題は雑誌が出るまで私には知らされていませんでした。「三島美学」という字句をコラム「大波小波《おおなみこなみ》」と古山高麗雄《ふるやまこまお》氏にからかわれ、「西尾さんは興奮していましたね」と保守系文化人の別の一人に内容を批評されて、まだ甲羅の張っていないうぶな素人《しろうと》評論家が傷ついて自信を失った話は前に書きましたが、事件から七日内に書いたこの（Ｂ）は自分で言うのも妙ですが、臨場感に溢れていて、よく書けています。最近まで再読を自分に禁じていたのも惜しい話です。この（Ｂ）に代わって、三島由紀夫の死に関するリアリティーのある観察文が、現在、他に新たに書けるとはとうてい思えません。

しかも（Ｂ）は単行本未収録です。雑誌で九ページ、当然長い引用になりますが、以下に全文を掲載することをお許しいただきたいと思います。私が果して興奮して書いていたかどうかを、四十年後の読者の皆さまに検証していただきたい気持も当然あります。

事件直後の「『死』からみた三島美学」（全文）

一

今度の事件の表側の行動だけをみていくと、それが一九六八―六九年の「全共闘」の行動様式というものと類似していることに気が附く。それはほとんど魔が乗り移ったとしかいいようがないほどよく似ているが、三島氏自身は、そのことをよく知って行動したに違いない。勿論、自殺という一事が決定的に異なる。しかも割腹《かっぷく》という形式は、むしろ三島氏個人の問題であるかもしれない。それに三島氏が死に場所をかねてから探し求めているようなところが文学の中から察せられ、従って、これを文学的死と考えることも出来るが、三島文学全体のいわゆる美学的解釈と、ここ三、四年の政治と文学の関連を目指して、すでに限界点に達しつつあった時代の運命というものとの繋りにおいて考えてみなくてはならないと思う。

いわゆる全共闘の集団的なファナティシズムは生ぬるい状況を逆手《さかて》に利用する形で暴力を無制限に拡大してきた。「柔構造社会」とよばれる秩序不在の現実は、あらゆる行動を柔らかくつつみ、呑みこんでしまう。それだけに行動はますます過激化し、エスカレートしたが、そのことは行動の無効果をそれだけ明確に立証することにしか役立たなかったのである。何をしても無効果であるから、そして、むしろそれを知っているから、行動はそれだけますます過激化の一路を辿るほかなくなるという関係がたしかにここにはあった。それが時代の狂気であり、ヒステリーであることは間違いない。だから、そうした無益な情熱に対しそれが甘えであり、忍耐が必要であることを私などはくりかえし書いてきたが、しかしそういうことを言う立場の中立性の基盤を押しゆるがすことに全共闘の目的があったのだから、結局のところ単なる認識者にすぎない私の発言のごときは、こうした新左翼のひとびとを説得することに論理的には始めから破綻《はたん》していたのである。そういうことが段々私にもわかってきた。彼らは理解ではなく、決意を要求していたのだから、一連の新左翼の動きを文明論的に解釈したりするジャーナリズムの扱い方は、事柄の本質を見誤っているのであって、むしろ現体制の立場から彼ら新左翼をはっきり拒否することが、わかったような振りをするより、彼らをまともに理解することになるのではないか、という逆説を私はかつて書いたこともある。(「日本経済新聞」昭和四四・八・三一)

しかし三島氏は全共闘の理解者であることを意志的に自ら引受けたのであった、しかも全共闘の完全な否定者になろうとするためにそうしたというのが表面化した事実である。その内的動機は正確には私にもわからないが、しかも氏は「彼ら(全共闘)は自他の決意を要求しているのであって、理解を要求しているのではない」(『変革の思想』読売新聞社刊)ということまでみとめてしまったところの理解者なのであった。そうなれば氏のように論理的に潔癖な人が、自分の決意ということに意識を集中しはじめるのは当然のことであったろうし、また逆に言えば、内心で死に憑《つ》かれていた三島氏が自分の決意を集中するために、「東大全共闘」と対決し、そこで展開された行き場のない論理に、求めて自らを縛ろうとしたのだと考えることも出来よう。

以上の説明は、勿論起った出来事の一面である。あらかじめ言って置きたいが、私は三島氏の行動の原因などを数え立てることの空しさをむしろいま痛切に感じている。この行動そのものは、考えれば考える程私には不可解なところがあって、本当のところは私の一生を通じなんの説明もできぬままに終るような気がする。時間がたてば少しずつ解《わか》ってくる部分もふえてくるだろうが、しかしまた、根本的に解釈を拒絶しているようなところがあって、私はここでなんらかの説明を加えることの恥ずかしさを抑えながら、事件後七日目の範囲内でわかり得る限りのことをわかろうと努めているに過ぎないことを御了解いただきたい。

江藤淳氏が朝日新聞の座談会（昭和四五・一一・二六）で、自衛隊が三島氏と楯の会に対してのみ寛大であったことは法治国家として公私を混同して良くなかったと指摘していることは、この場合まことに正論であるが、奇妙なことには、江藤氏のそういう規律ある法治国家を求める考え方と三島氏の考え方とが微妙なところで裏と表から一致しているところに事態の逆説性があるように私には思える。つまり江藤氏が疑問を述べている、そういう得体《えたい》のしれぬ、規律のない、あまり軍隊らしくない不思議な性格の軍隊というものに絶望したのが三島氏の動機であったらしいからだ。自衛隊が三島氏に対してだけ寛大であったのは、言うまでもなく、国民に対する自衛隊の劣等感からくる。一流の文化人を自分の味方にして置きたいという政策に出ている。自衛隊のそういう劣等感情をもたらした戦後の状況に三島氏が反撥《はんぱつ》しているとなると、三島氏の行動を可能にしたのは、まさしく氏が反撥している状況そのものの性格に負うている。つまり氏は自分の否定していることそのことによって否定を実行した。逆に言うなら、自衛隊が一文士の行動などに寛大でないような、硬秩序が日本に存在するのなら、一文士の行動は起らなかった。私は事態の善し悪しを言っているのではなく、できるだけ事実を見ようと努めているのである。硬秩序を求める行動が、軟秩序を利用したという意味で、「柔構造社会」を逆手に利用した新左翼の運動と性格が似ているのだが、しかも厄介なことに、三島氏がそういうことをことごとく知りながら、例の時間の持続性を問わない「解放区」を自衛隊市ヶ谷基地につくり、「バリケード」を築き、「人質」を取って、言ってみれば一九六八―六九年の社会的混乱の諸様式を逆の側から演出してみせたように見えることである。三島氏は最後まで文学者として芝居を打っているのではないかと見られるのはそのせいだろう。

一文士がバルコニーに出て演説をする機会が簡単に摑めるような、日本の何でもゆるされる社会状況に氏が腹を立てているのだとすれば、氏はあのバルコニーでもっとも矛盾した状況に自分の矛盾そのものをぶつけているということになろう。軍事問題を離れてみても、これが日本人一般の、問題をなし崩しにごまかしてしまう生き方に対する、ひとつの徹底した問いであることは明らかであろう。しかも三島氏は、自決したのである。新左翼や全共闘やあるいはそれをなんとなく許してきたひとびとは、もはやなにも言うべきことばはない筈である。なぜなら、ひたすら「決意」を求めてきたのが彼らの論理であったからだ。今度の事件のあとで新左翼系統のひとびとが讃美の声をあげているのも不可解だが、いわゆる保守派の知識人も、言論の役に立たなかったあの時代に危険を賭していた三島氏に、なにほどか共感していたとすれば、今は何も言えない筈である。と同時に、私は私自身の限界をもはっきり知った。単なる認識者でしかない私は、現在の状況下では政治的な発言をつづけることさえ論理的に言えばもう出来ない筈のものだからである。

なぜそのように問題をラディカルに考えるか？　問題が三島文学そのものに由来しているという別の面があることは私も知っているし、血が血を呼ぶという社会状況の危険性というものも私はむろん考えている。さらにまた、割腹自殺という前近代的な死に方が穏健な一般市民に説明のできない不安な感情を与えることも決して好ましいことではないし、国際政治に与える影響というものもたしかに無視できない。等々の原因を考えれば、この行動そのものを公けに是認することは私にはやはり出来ない。しかし、この問題の困難なところは、是認できないことが、ただちに沈黙と非行動に道を通じているということなのである。例えば福田恆存氏が近頃いっさいの政治発言を閉《とざ》しているのはそうしたことがよく解っているからであろう。なぜなら、かつて新左翼が巷《ちまた》にあふれ、ひとびとに革命への「決意」を求めたとき、それを拒否したのはたしかに世論であった。青年の動機がどのように純粋でも、暴力はゆるされない、それが昨年の年末に日本の社会が選んだ道であった。動機の純粋さを少しでも認めることが、暴力を無制限に拡大していく原因になっていたことが、病める社会の体質の中から出た、日本型純粋主義である「全共闘」のもっとも厄介な側面だったのである。「若いものの気持はよくわかるが」式の寛容な発言に乗じて、行動はどこまでも拡大した。もしこのような病的な社会体質の中でなければ三島氏の自殺は今度のような形式をとることもなかったろうし、少なくとも、そのもっている社会的意味とひとびとに与える心理反応は異なっていたはずである。従ってこれは裏返して言えば、三島氏の行動の仕方は良くないが、その動機の純粋さには納得すべきところがあるという、どこかできいたことのある、中途半端な言い方、三島氏の愛読者や友人に多く見られる反応、例えば阿川弘之《あがわひろゆき》氏の「週刊読売」十二月十一日号の発言などをも、完全に論理的に封じこんでしまっているところに、三島氏の行動が現代日本の社会に提出した問いの、解答不可能な、もっとも厄介な、ラディカルに倫理的な性格がひそんでいるのである。三島氏が既成の右翼を近づけなかったということが新聞に出ていたが、世間はこういうことをもっと謙虚に受け入れるべきだと思う。二・二六事件を連想するなどは見当外れである。

三島氏が求めたのは「沈黙」である。

終戦の日のあの沈黙をこそ氏の二十数年の文学活動がひたすら求めつづけてきた当のものではなかったろうか。氏は自分の行動が讃美されることを求めただろうか。讃美されようとするなら氏にはいくらでも他の方法や可能性があった筈である。氏は讃美されることに飽きてしまって、それ以上の刺戟《しげき》的なものを求めたなどという通俗心理分析はやはりこの作家に当て嵌《は》めるべきではないだろう。ノーベル賞が取れそうもないとわかったからだとか、ホモセクシュアリティが求めておこなった情死だとか、長く尾を曳いていた、貴族でなかった家系上の劣等感だとか、いかにも尤《もっと》もらしい説明は声高に論じられれば論じられるほど説得力がない。それぞれ、動機のうちの百分の一くらいの意味は秘めているのかもしれないけれど、そういうことで理想を求めて生きている活力ある作家の死の、かかる不可解な行動のすべてを説明することは出来ないだろう。今まで文壇の権力者に遠慮していたひとびとが、さながら掌を返すようにこうした下賤な勘ぐりをしはじめるのは、私はやはり礼節を欠いた、節度のない態度だと思う。

以上私が、問題を「全共闘」との対応として捉えたことは時間的にみると少しズレがあるのではないかというひとびとがいると思う。十一月二十五日、事件が起ったときじつは私もそう思った。とうの昔に大学紛争も収まり、世は万博ムードで賑やかになった時期を経ていたのだから、三島氏は異様な幻想にとらわれつづけたという見方も世間的には成り立つだろう。例えば私などは、今年の二月を最後に、大学紛争に関連のある発言はもう不可能だとわかって止《や》めてしまった。しかし危機に対処した三島氏の情熱ははるかに大きいものだったようである。陽明学に関する三島論文が、「諸君」に載った頃に前後して、ハイジャック赤軍派の事件を文学の問題としてもっと真剣に考えるべきだという氏の意見が「波」に出ていた。私はこの頃《ころ》ようやく三島氏の言葉にある不気味さを感じはじめていた。だからある人は、今度の事件は、価値が相対化して、敵が見えなくなった新しい状況に苛立《いらだ》って自虐化した弱者の行動だという。そういう人は、この事件が現代日本になんらの有効性ももたない唐突さゆえに喜劇的にみえてしまうという。今の日本人の目にそう見えてしまう一面があることも確かだろうが、むしろそういう風に現実がはっきりとらえられない時代だからこそ起った事件だともいえよう。

この事件にははじめから二重性がつきまとっている。

これを悲劇と見る人は、有効性を問わない氏の行為の至純性にそのまま価値を認めるからである。だから現代の日本においてこれほど多様に、多面的に見られる事件も近頃では珍しいが、むしろそうした逆説をいちばんよく知っていたのは三島氏自身であったろう。というより、現実が総体として把握できない時代であるがゆえに、巨大な虚構の世界を描きつづけてきた作家の生の内側に、文学の及び得ない現実、行動の必要が急激に大きくなったのではないだろうか。一九六八―六九年の日本の危機を「戦後」の終末としてもっとも真正面から受け取めた人が三島氏だった。「全共闘」が姿を消しても、氏の危機はつづいていた。氏は文学のために自ら危機を求めていたともみられ、だから氏の自決は文学者の個人的事件という一面があるにしても、しかし、われわれの生きている時代の運命と密接につながりのあるものでもあろう。

二

成程《なるほど》、問題を社会的な次元だけで考えることが出来ないことも確かである。作家である三島氏の死という事実そのものを解釈しようとするのなら、氏の文学的経歴のなかからそれを読みとろうと努める気持が多くの文学者の胸のなかに宿るのはごく自然なことである。尤も、それが問題からの逃避であり、逃げを打つための口実になっているのが広くみられる今日《こんにち》の傾向なのではあるが、私もまた、社会への批判や義憤のためだけにいったい人は自殺できるだろうか？　というごく素朴な疑問をいだく常識人の一人にすぎないのである。そうであるには三島氏は余りに近代人でありすぎるからだ。たしかに最近では、政府に抗議して焼身自殺をした老人がいた。だが私たちは、その人の個人的・人間的なさまざまな要素をほとんど知らされず、ただ結果のみを知らされているにすぎないのである。三島氏の場合は、ほとんど伝説になり兼ねない、個人的・人間的な要因に関し、われわれは豊富すぎるほどのインフォメーションを与えられている。さらに、なによりも動かぬ証拠として死への憧れを告白しつづけた文学作品が残っている。ひとびとが問題を個人的事件として処理してしまおうと誘惑され易い要因が余りにも多いことは確かである。

とはいえ、焼身自殺した老人に関してはただただ死の事実を重く言う同じひとびとが、三島氏の場合だけ、個人的・文学的な事件と考えるのはインフォメーションの分量に左右されているのであって、われわれはあの老人と同じように、あるいはそれ以上に、問題が政治と文学の限界点に達しつつあった時代の運命というものと関係があったという明らかな事実を見落してしまうなら、文学者としての三島像をも、結果として歪めてしまうことになることをまず言っておきたいのである。

三島氏の「文化防衛論」が出た昭和四十三年、新左翼が急激に実力行使をはじめていた頃、三島氏の展開していた天皇制をめぐる主題とはまったく別個の形で、私もまた、政治と文学の関係に則して、時代の危機意識を次のように表現している。氏の悲劇的事件が起ったあと、私がすぐに思い出したのはこれを書いていたときの自分の気持である。

「厄介なことは、個人の内部には生への情熱と同時に死への情熱が秘められていることなのである。そしてこの死への情熱を単純に、物理的に抑圧することが人間的であるとは必らずしも言えないことである。死への情熱によってはじめて人間は生への情熱に触れることもある。『現実主義者』は、この二つの情熱を調節し、安定させさえすればよいという技術の次元でしか政治を考えない。『進歩主義者』は死への情熱を単に病気とみたてて、それを組織する政治悪を科学的考察の対象とするばかりである。どちらも自分自身の内部にひそむ死への情熱を見つめることを避けている。彼らは人間の生命感のある部分に関して無力であることを告白している。政治をかように客体として、自己の外部に、形骸化して眺める限り、政治が『文学』と関わることはないであろう。

しかも、さらに厄介なことには、現代はいかなる政治の『善』も、もはや人間に生命感を与えることができなくなっている時代なのである。

今日、アメリカ流の福祉国家の理想にせよ、ソヴィエト流の平等主義の理想にせよ、それらがいずれにせよ物質的自由を以て精神の自由の代償とする人格の客体化を目指す以上、かかる善き政治への善き動機が文学精神を貧弱にし、その泉を涸らす最大の敵である。現代は外的現象に救いを求める人に満ちている。理想の旗印をかかげたかのように浅薄な政治主義にとって、対象はいつも集団であり、集団向きの思想を探ることにより、現実になんらかの効果を上げること以外に政治の目的はなくなっている。

二十世紀に入って以来、実はもう政治思想というようなものは存在しないのではないか。政治が必要とするものは、つねに一片の政策論でしかないのではないか。現実効果をもたらさないような思想は、現代の政治にとってはもはや無にひとしく、従って現実を動かすことが可能になれば、思想などはあってもなくてもよいのだ。

ある思想が歴史を動かせば、思想の内容が変質しようがしまいが、動かされた歴史の方に実体がある。そして、歴史がこの盲目の意志に動かされたときにしか、実は個人が政治に触れるということもないであろう。

考えてみれば、これは恐るべき事柄である。ひとびとは政治と文学の関係をくりかえし論じているが、個人は今日、完全に受身である。われわれはいかなる『体制』も信じないが、『体制』に規定され、拘束されている部分の自分が存在することを信じないわけにはいかない。いかにしてこの部分を主体的に突破し、生命感を自分に取りもどすか、『文学』が『政治』に出会うのはその瞬間である。が、これほど困難なことはなく、私はこのほとんど不可能に近い錯綜《さくそう》した現実を見ずに政治小説をものし、政治と文学を軽々《けいけい》に口にしているひとびとが不思議でならない。」（政治と文学の状況「文学界」昭四三・九）

長い引用をしたのは、高揚した文章の調子から当時の社会の興奮を思い出してもらいたかったからだし、人を介して三島氏がこの論文は自分の気持を言い当てているとその頃私に伝言があったのを思い出したからである。私は、この引用に当り傍点をほどこした部分にいま目を落しつつ、とうとう三島氏はこれを実行してしまったのか、という切実な、言いようもない思いに襲われているのである。

私の文章は、政治を他人事のように自己の外に置きながら政治と文学を軽々に論じている当時の左翼の論客たちに対して向けられたものであって、政治が実体あるものとして個人の生活の中に存在しない空《うつ》ろなこの現代に、過去の政治悪を小説化することはもとより、そもそも、政治を文学の対象とすることがすでに不可能になっているのではないかという左翼文学への私自身の懐疑を述べたかったたまでなのである。しかし、三島氏ならばたぶんこれを懐疑以上のものと受取る外《ほか》なかったろう。ほかでもない、氏自身が、この空ろな現代に、政治を文学の対象とすることにその頃全身の情熱をこめていた人だったからである。ついに「歴史が盲目の意志に動かされる」ことなく、平穏無事な時代が到来すれば、私が書いているような懐疑はむしろ逆転して、三島氏自身に向けられることになるほかないのである。もとより私の文章が氏に影響を与えたことなどあり得ないが、ただ論理的にきわめて鋭敏な氏はこうした論理を自分で自分に差し向けなければならなかっただろう、そういう臆測を言いたいために以上を引用してみた。そこで演じられた内面のドラマは多分凄絶《せいぜつ》で、否定がさらに否定を呼び、ついに自己否定は「不可能」の方向へ次第にじりじりと近づいていったものに違いない。

三

だが、思想の上でどのように死を考えていても、実際に自殺するのはやはり別個のこととして考えなくてはならないという意見もある。自殺を讃美した厭世家《えんせいか》ショオペンハウエルは永生きして楽天家になったし、山本常朝《じょうちょう》も結局は畳の上で死んだ。そういう言い方で、現代を無責任に生きているわれわれが三島氏の死を戯画化している今日の風潮というものを私は好かないが、事実としては私もそういうリアルな考え方が一番納得がいく。ということは、逆に言えば、氏が作品の中で死を描いているとき氏は生への情熱に燃えていたということを端的に理解するには、生と死との事実上の断絶をはっきり確認することの方が先だと思えるからである。つまり、氏が実行家としての「私」を殺すことで作品の虚構に生きようとしたあの二元論を私は最後まで信じたいのである。死神に取り憑かれていて、やがて息が切れて実際の死へと埋没したという風に安直に考えたくない。やはり生きようとして、死んだ、私にはそう思える。となれば、死の形式がどのように凄絶でも、一人の人間の死という点で、われわれはこれをリアルな事実として受け止めるべきであって、天才詩人の死という風に感傷的に考えることをむしろ避けたいのである。そうリアルに考える方があの日の三島氏の言動についても私には解ってくる部分がふえてくる。

天才の恋愛の仕方は凡人とは異なっていても、恋愛の感情そのものはなんら凡人と変るものではあり得ない。天才の自殺もまた、要するに一つの自殺であって、その仕方は凡人とは異なるけれども、その相違は主として死に関する省察の質と分量からくるものなのである。ドストエフスキーの描き出したキリーロフのそれのようなもっとも主体的な自殺であっても、仔細に考えれば、結局は受動的であることは免れない。私は陽明学の知行合一説と三島氏の行動とがどの程度に関わっているのかよく解らないが、決意を深めるためにこの思想に氏自身がむしろ近づいたのではないかと私は消極的に考えている。

成程、あの日の三島氏の行動は一糸乱れぬほど完璧に計算されていた。それは原稿締切り日をただの一度も狂わせたことがなく、口述筆記させてもそのまま印刷してもよいほど正確だという、それだけ考えても、並外れた自己統御を思わせる氏のつねづねの伝説にふさわしいなにものかがあった。だが、それにしても、完全な意識の自由と計画的自己統御というものが、まったくなんらの「夢」なくして可能なことだろうか？　私たちは、NHK記者に渡された遺書にあったという、他人の目にどのように狂気の沙汰にみえようとも、といった三島氏のコメントを思い出す。こういう瞬間に氏はわれわれの方を見ている。「七生報国《しちしょうほうこく》」という鉢巻の文字は、有効性を問題にしない無駄な行動だということを自覚しているという意味である。それにも拘《かかわ》らず、やはり最後にバルコニーに立ったとき、氏は自衛隊が、なにほどか答えてくれるに違いないという、かすかな「夢」を見ていたのではないだろうか？　言うまでもなく、これは私の臆測である。文学的な、余りに文学的な解釈かもしれない。だが三島氏の文学にあらわれてくるのは、いつもこの種の夢と現実の交錯なのである。「しかしあと三十分、最後の三十分待たう」という「檄《げき》」のなかではこの一行だけが私の眼をするどく貫いた。そういう意味でなら、三島氏はたしかに文学的な死を死んだのである。この一行は夢だろうか、現実だろうか？　有効性を問わない行動でも人は夢を見るということがないだろうか？

ただし、このような事実に対する心理的解釈ほどつまらぬものはない。要するに、根本のところは私にはわからないのである。だが、新聞によると三島氏は、益田《ますだ》総監が自決しないよう護衛し、引渡してから自首するようにと残った学生に命令していたという。三島氏の論理からすれば、いったん縄目の恥辱を受けた総監は「自決」する可能性のある人物と考えられていたらしいが、いっいかに自衛隊でもそんなことが決して起り得ないことは、われわれ今日の日本人の一般の生活常識なのである。益田総監を「武士」と見立て、自決するかもしれないという風にぎりぎりのところでも思いこんでいるところを見ると、三島氏はやはりなんらかの大きな夢を見ていたことはたしかだろう。夢と現実とのギャップが大きければ大きいほど、その差をちぢめようとして行動はラディカルになる。三島氏の小説にもそういう人物や情景はしばしば出てくる。益田総監を「武士」と見立てているのは氏が自分の強いエゴの反映でしか他人を見ていない一例だが、自分もそうだから他人もそうだという形であらわれる現実への幻想と、理想を実現するための合理的・理知的な徹底したリアリズムとの入り混りは、またなんと三島文学そのものの見事な具体化であろう。虚無を見ているがゆえに氏は夢を必要とし、リアルな目があらゆる夢の仮面を剝いでいくがゆえに、氏はますます尖鋭《せんえい》になり、夢を求めて、しだいに虚無の方へ近づいていく。そしてもうそこに言葉はない。

政治と文学が激しい音を立てて激突したこの限界点は、「戦後」という時代が文字通り本当に終りを告げたことを後代に伝える象徴的な出来事となるだろう。十一月二十五日に日本全土を襲った衝撃は、たえて忘れられていた終戦の日の「沈黙」をひとりの作家が国民全体に語りかけたかった倫理的な意志ではなかったろうか。私はこの事件を美化しているのでも、故意に意味づけているのでもない。批判にせよ、賞讃にせよ、いずれも空々しい、言葉では言いつくせぬ衝撃を受けた一戦後派のこころに渦巻くさまざまな想念を、以上、可能な限り、自分に納得がいくように言葉にしてみた。

（「『死』からみた三島美学」『新潮』昭和四十六年一月臨時増刊号）

私は以上にさらに書き加えるべき新たな言葉を今は持ちません。私ははたして興奮して書いているでしょうか。永い間この文を自ら取り出して読むこともなく、自著に取り入れる考えも持たなかったのは、他人の片言に若い心が傷ついただけからでは必ずしもなく、やはりここでいう「沈黙」を、私なりに尊重し、保持しつづけたかったからではないだろうかと今は考えています。あれこれ言葉を重ねて、後日の解釈であの日の感動を汚したくない、そう思ったからだと私は今は考えているのです。

『豊饒の海』の破綻——国家の運命をわが身に引き寄せようとした帰結

(B)につづいて即座に(C)「不自由への情熱」の執筆にとりかかりました。前にも述べた通り二週間で、文学論として三島さんを論じる課題を求められる切迫した要請だったのです。

あのときは三島文学の何を読んでも「死」のテーマが思い浮かんで、若い頃の作品をも「死」から逆読みするという結果になりがちでした。私だけでなく、多くの三島論者がそうでした。あるいは、最近の研究でもそうかもしれません。

(C)ではいうまでもなく「生活と芸術の二元論」が取り上げられました。「生活」は楯の会に代表される政治行動にほかなりません。最晩年の大作『豊饒《ほうじょう》の海《うみ》』という「芸術」とそれがどう関わるのか。当該論文のメインの主題はこれでした。

全体を七つの節に分けました。ここでは第七節のみを前提の説明ぬきで引用します。あの「来週の水曜日に、帝国ホテルで会えるかどうかわからないという一点に、基準がある」という三島さんの悲劇理念、小説を書く根本原理を思い起こしていただきたい（尚《なお》、第一節から第六節までは本書の巻末に付録［付1］として収録します）。

七

戦後文学史上この最大の野心作『豊饒の海』全四巻は、二八〇〇枚に及び、明治二十年代から昭和四十九年に至る日本の近代史の一大壁画を描こうとするのが作者の意図であったに違いないし、ここに作者が小説家としての己れの力量の一切、自分が知りつくしていた自分の弱点の克服への意志の一切を賭けていたことは想像に難くない。しかし、悲劇的な死の直前に完了したこの大作は、いわゆる〈大河小説〉といった性格からははるかに遠いものである。歴史の壁画を描くには、必要なのは劇ではなく、叙事である。日常的な出来事を微細につみ重ね、丹念に塗り上げ、ゆるやかな時間の流れのなかに作者は自分の主観を投げ入れる。自分が歴史を構成するのではなく、歴史のなかへ自分が這入《はい》り、自分を超えたある大きな目に見えぬなにものかの内部で、自分自身の姿が見えなくなる、それが「物語」であり、「叙事」の精神である。『戦争と平和』も、『ブッデンブロオク家の人々』も、『静かなドン』もそのようにして書かれた。物語に必要なのは偶然性であり、自分がどこへ連れていかれるかわからない出来事の自然な生起、偶発的な生起、いいかえれば、作者が叙述のなかで目が見えなくなることがまさしく小説というもののもっとも本質的な性格に外《ほか》ならないであろう。なぜなら、未来を見ようとしても見えないこと、見えないことに徹したときにはじめてなにかが見えるということ、それが人生そのものの形に外ならないからである。それがまた「運命」というものの本当の姿である。

じつはそういうことを一番よく知っていたのは三島氏自身であった。中村光夫《みつお》氏との対談で、「もし生自体を小説が感じさせることが使命だとすれば、生の偶然性というものを認めなければならないし、生の盲目性、無目的性、どこへ行くかわからない感じも当然入ってくるでしょう。それはもう時代のなかにとらわれている人間と同じで、（中略）盲目であるということが小説の身上じゃないですか。」と、まさしく自分の小説とは正反対のことをはっきり口にしているのがまことに不思議である。名作『金閣寺』でさえ世間の評価するほど果して名作であるか、この明敏な人は自分で疑っていたのではないか。あの小説で私に不思議に思われるのは、なにかに取り憑《つ》かれた男の主観の内部に一切が閉じ込められ、男の孤独はついにここでも「社会」へ出ていかないことである。従って、主人公が憑かれた対象はたしかに金閣寺だが、あれはなにも金閣寺でなくても他のなにかで代置しても十分に成り立つ小説だということである。

少年時代から外界との断絶、不調和に苦しんできたこの作家が熱烈に欲していたのは「社会」だったのであり、その内部でしかるべき役割を得、自分の人生が偶然の生の流れに閉じこめられ、自分で自分が見えなくても安心できるという境地ではなかったか。だが、それが不可能であれば、自分で行動を起し、さまざまな代用神に取り憑かれることによって自分の意志で自分を盲目にしなければならない、そういう行為への沈潜で成功したのは、例えば短篇『剣』などはいい例である。三島氏が『豊饒の海』の最終巻のプロットを未来にゆだね、予定を立てないで置いて、七〇年の政治危機にわざわざ書く時期を合せて、最後は自分自身の行動がわけがわからなくなることを期待し、未来が見えなくなる自分というのが書きたかった、そういう意味のことを述べているのは、私にはじつに怖しい言葉に聞える。自分自身の運命をまで自分の反省的意識で操作しようとする不遜な意志である。運命の手ごたえが稀薄になったこの現代に、意志と運命という人間の自由意志に関する哲学的命題は、ついに、個人の狂気じみた行動をどうしても必要とする。自分が限界を目指して行動しない限り、運命はやってこない。ラディカルな「違反」を重ねない限り、影の薄くなった「禁止」に生命を吹きこむことはできない。

三島氏がこの大作で自分の小説家としての弱点を克服しようとする生死を賭けた実験を試みたことは事実である。だが、第二巻まで演劇的構成力で説得力のあったこの作品は、『暁の寺』以降急速にドラマ性を喪い、かわりに叙事的なリアリティーが出て来たかというとそうも言えない、不思議な混迷をみせはじめる。私の臆測だが、作者はジン・ジャンを主人公とするもう一つの悲劇的ドラマを書きたかったのに、予定を途中で変更したのではないか。だが、それまで副人物であった認識の人本多が、行為の人になろうとしながら清顕《きよあき》や勲《いさお》になれるわけもなく、ジン・ジャンに振られる老いの醜さなどをみせる中途半端なところに、この時点での作者の心境と、後半で描かれている「戦後」という時代が、『春の雪』や『奔馬《ほんば》』の時代のような秩序ある演劇空間をゆるさない茫漠《ぼうばく》たる時代であることを示しているように思える。

冒頭に出てくる印象的なタイ王朝の世界、本多が哲学的感動を受けるインド紀行、そして輪廻《りんね》転生《てんしょう》に関する研究論文的な分析、それらの非小説的部分は当時の作者にいかに切実なものであったにしても、後半の戦後風俗としっくりつながり、その中へ小説らしい説得力をもって流れこんでいるとはどうしても言えない。作者が大河小説を意図したわけではないのに、『春の雪』のなかの人物の一部が『奔馬』のなかに登場し、そのあたりまではまだいいが、さらに『暁の寺』にまで幾人かが登場する、その必然性があまり感じられないのである。槇子が女流歌人として成功して出てくるのも意味があるように思えないし、新しい人物慶子、今西、椿夫人なども人物に余り魅力がなく、相互のつながりも不明である。本多家への勲の父親の突然の来訪や、本多の妻のヒステリーなど、さまざまな出来事を物語る速度だけが早くなり、印象の統一感がとれないのは読者のいつわらぬ印象であろう。そして、舞台はたいがいパーティーである。有閑的な非生活者の本多の姿そのものの象徴であるかもしれない。

先にも述べた通りこの小説の書かれていた昭和四十三年九月から四十五年四月は、作者の政治行動がもっとも活気を帯びていた時期で、しかも作品の後半に近づくにつれ、行動はしだいに過激になり、多くの友人が離れ、作者はしだいに孤立していった時期に当る。と同時に、日本の社会に起っていた混乱や騒動はその頃しだいに下火に向い、三島氏の言動だけが逆に急速に上昇していく、そういう時期に書かれた作品なのである。詳しいことは年譜をみればわかる。三島氏の内部における外的現実との不調和がこの頃いちじるしく、取り返しのつかぬほど大きくなったことは容易に察しがつく。

三島氏の死後、文壇人の多くは氏の才能を惜しみ、どうして文学のみに満足していなかったのだろう、と盛んに言っていたが、それは間違いで、氏は文学のために、文学が不可能になったのである。それは三島文学そのものの原理からくる。そのことは私が繰り返し述べて置いたことだが、三島氏自身、『暁の寺』の失敗を知っているかのような苦々《にがにが》しさをこめて、この作が終った直後、「私は実に実に不快だつた」と正直に告白している。文学という現実と社会という現実、この「二種の現実の対立・緊張にのみ創作衝動の泉を見出す」ことが自分の作家的原理であって、書くということは「私が二種の現実のいずれかを、いついかなる時点においても、決然と選択しうるという自由である。」「選択とは、簡単に言えば、文学を捨てるか、現実を捨てるか、ということであり、その際どい選択の保留においてのみ私は書きつづけているのであ」る。それが「一瞬一瞬自分の自由の根拠を確認する行為に他ならない。」（小説とは何か・十一回）

いよいよ私は『天人五衰《てんにんごすい》』のあの謎めいた結びについて触れなくてはならない。行動のできぬ認識の人本多も年老い、月修寺に聡子《さとこ》を尋ねたときにこの老尼は青春の日の清顕との恋の出来事を全く知らないのである。読者は狐につままれたような異様な感動を覚える。人生はうたかたの夢、記憶もまた虚無、あれは幻だろうか、無常だろうか。多くの文芸史家が仏説《ぶっせつ》から解釈しそうなこの結びに関し、しかし鋭敏な読者は、あの狐につままれたような異様な感動ははたして再読においてなお起るかどうかを疑問とするに違いない。あそこにはなにか作者の芝居っ気がある、そう言いたいのではない。作者は五年前にこの連作を書き出すときに結末を決めていた、そう聞いている。なにもかもがわからなくなり、自分というものがどこへ連れていかれるか、明日のことさえわからない日本の危機を予期していた三島氏は、未来へのその不明のただ中で第四巻を書き進めたいと思っていた。いいかえれば、歴史の直中《ただなか》で、氏は盲目になる瞬間を待った。それこそが氏が久しく待望していた、行為と文学の事実上の自然の出会い、氏の長篇小説に久しく欠けている不透明ななにか、生の無目的性、盲目性に流されつつ、偶然のつみ重ねによって成り立つ人生の形、そういうものこそ氏が自分の文学にもっとも不足し、もっとも必要と信じていたものだ。だからもし、氏の希望通り、政治上の危機が氏の文学に幸いしていたなら、あの月修寺の何もかもがわからなくなる最終のシーンは、恐らく真に切実さを帯びた、真の感動をもたらす場面となったであろう。

三島氏は自分自身がわからなくなったために、あのような謎めいた結末を書くに至ったのだろうか。実際において書かれたのはそうではないように思える。私にはどうしてもそう思えない。

最終稿を氏は八月に書いている。そのとき氏は自分自身がわからなくなったのではなく、わからなくなる状況がついに来ず、日本の平穏無事な状況がもはや自分の文学を支えるなにものにもなりそうもないとわかって、言いかえれば、すべてがわかって仕舞《しま》ったために絶望し、作品のなかにただ予定して置いた結末を筋書き通りに書きこんだにすぎぬのではないだろうか。あの結末が再読に耐えるほどの切実さがなく、『天人五衰』全体がただひたすら暗く、沈んで、活性を失っているのはそのせいだろう。氏は文学を決然と捨てるというあの「自由」をついに選択したのである。

（「不自由への情熱」『新潮』昭和四十六年二月号）

三島の死は私自身の敗北の姿だった

三島さんの自決のあと私はフツリと政治評論をやめました。その気になれなかったからですが、時代がにわかに霞がかかったようによく見えなくなったからでもあります。

間もなく渡部昇一《わたなべしょういち》と井上ひさしが人気者になる新しい時代がやって来ました。純文学の文壇にも古井由吉《ふるいよしきち》が登場し、ひたすら非政治的に傾く「内向の世代」がもてはやされました。これは私の文壇仲間の世代で、私はそれなりに関心をもち、共同通信配信の文芸時評を四年間も担当しましたが、文壇の仕事には今ひとつ気が乗りませんでした。

昭和四十七年（一九七二年）の年末に、佐藤栄作長期政権が終りました。次に福田赳夫《たけお》政権が予想されていましたが、田中角栄《かくえい》が首相に選ばれるという番狂わせが起こりました。全共闘学生が権力を突き上げる暴行《ゲヴァルト》のエネルギーと、伝統社会の礼節を踏み破る今太閤《いまたいこう》の野性のエネルギーとは、相似形のようにどこか似通っていて、しかも本当の政治危機は去っていたので、荒っぽい「反権力」はマンガ風の風俗にもなっていました。ロッキード事件が始まる頃には、政治も文化も言論も、すべてがおもちゃ箱をひっくり返したようなナンセンスな賑やかさでした。私はそういう世界全体に意識的に背を向けていました。

なにかが終ったのです。日本人の心の動きに気流の変化が起こったのです。二十年後の『東京新聞』に私はこの時点における変化を次のように回顧しています。

七〇年代に入って対決の時代はまるで嘘のようにぱたっと終った。代わりに無気力と無関心をトレードマークとする「しらけの世代」が登場し、井上ひさしが人気を博し、言葉の遊びと江戸戯作調《げさくちょう》がモードとなる。イザヤ・ベンダサン『日本人とユダヤ人』（一九七〇）以来比較文化論が流行し、日本文化は三島的決断の美学から、山本七平《しちへい》的認識の相対化論に所を譲った。文壇は以前にもまして自閉した専門集団と化し、文芸論争は起こらなくなった。

私の政治的発言は現実において正しさを証明し、新左翼は敗退した。しかし言論界に私の居場所はなかった。私の正しさを誰も相手にしなかった。こんな筈ではなかった、と私は思った。私の対決の相手は幻影のごとく消え、敵のない私の対決ポーズはもはや完全に滑稽でしかない。

三島の死は私自身の敗北の姿をうつす写し鏡であった。
（「不惑考――私が四十歳の頃」『東京新聞』一九九二年一月二十九日）

一九七五年に私は四十歳を迎えました。〝惑い〟の渦中にあったともいえるでしょう。私が自分を失わないで済んだのは、まだまだ残る若さに加え、学問という逃避の場を持っていたことによります。七〇年代に入って政治や社会に関する発言を私がピタリと止《や》めたのは、私の内部で何かが折れたからでした。しかし四十歳の前後に私は二つの大きな仕事に没入することができました。『ニーチェ』二部作（中央公論社）を三年がかりで完成し、四十二歳で刊行。それよりも前にショーペンハウアーの主著『意志と表象としての世界』（中央公論社）の正編の単独訳を四十歳で上梓しました。一番不安な歳月に、一番充実した仕事を果したことになりますが、これはおそらく私の生涯の中の最も皮肉な逆説といえるでしょう。私はだんだんに気をとり直して行きました。

文壇人と論壇人の当惑と逃げ

そのころご縁のあった『中央公論』の粕谷《かすや》一希《かずき》元編集長が、「三島さんがとうとうあんなことをしてしまったからね」と苦々しげに困惑の表情を浮かべていたのを思い出します。文壇も論壇も三島事件にはただただ当惑し、否定的でした。

事件の直後にはもの書きの大半が発言の場に引っ張り出され、感想を書かされました。こういうときいかに当り障《さわ》りのない上手な発言で切り抜けるかが職業作家の腕のみせどころです。江藤淳のように新聞や雑誌の対談中に三島事件に対する嘲《あざけ》りのニュアンスのあることばを並べる勇敢な人もいました。大半は事件からほどほどに批判的に距離をとる書き方が一般的でした。あるいは、歴史に名を借りて、切腹や自刃の例話を引いて、原稿用紙の枡目を埋めるのものの書きの技の一つでした。『諸君！』（昭和四十六年二月号）の「総特集　三島由紀夫の死を見つめて」の最主要記事である安岡章《しょう》太郎《たろう》・江藤淳・山崎正和《まさかず》の座談会「日本にファナティシズムはあるか」には驚きました。明治維新や朝鮮や中国の歴史の逸話ばかりがえんえんと語られていて、三島さんについてはついに一言半句の言及もなかったのです。いっさい何も言わないことで三人が事件から逃げようとする意志を表現していたことは明らかでした。

考えてみれば、こうした対応は理解できないこともありません。人は生きる必要があるからです。生きる権利もあるからです。三島さんは自らの意志で生きる側の人間を拒否したのです。

村松剛《たけし》氏は同じ『諸君！』の号で、その行動と死を評価しました。村松さんは言論人の中で三島さんに一番近いところにいる人と看做《みな》されていましたから当然ともいえます。きわめて冷静で、客観的な事情説明の文です。事件の背後説明をするのが氏の役割で、文全体は次の表現で結ばれていました。

それにしても、なぜあんなにものに憑かれたように、死への道を驀進《ばくしん》しなければならなかったのか。とめる道はなかったのか。悔恨はつきないが、しかしここではただ、ほかに書いた次のことだけをくりかえしておきたい。三島氏はその死によって、大衆社会の繁栄のぬるま湯にひたっているわれわれ全員に、おそろしい批判の刃《やいば》を突きつけたのである。

（村松剛「赫々《かくかく》たる夕映《ゆうば》えに死す――三島氏と『楯の会』」『諸君！』昭和四十六年二月号）

当時私はこの文を読んで、村松さんは一番近い人が一番激しく否定されているという事実に、はたして気づいているのだろうか、と、ふと疑問に思ったことを覚えています。まるで他人ごとのように語られているからです。最後の一行などはありふれたスタンスに立つ新聞記者の常套句のような書き方です。ラディカリストはたった一人を除いて、近い他のすべての人を最も激しく否定するものなのです。森田必勝《まさかつ》を除いて、三島さんはすべての理解者、すべての共感者、すべての友人を葬り去って死んだのです。勿論、「文学の宿命」で理解者のように振舞った私をも否定していました。理解者は生への意志のつづく限りの同伴者にすぎません。ほんとうの同伴者は森田必勝しかいなかったのです。無名の音楽家ペーター・ガスト以外にたった一人の同伴者もいなくなった最晩年のニーチェを考えれば、ラディカリストの心理のメカニズムははっきりしています。私は村松さんの「赫々たる夕映えに死す」には、村松さん自身に最も厳しい批判の刃が向けられている恐怖が語られていない、と思いつつ読んだ記憶があります。

もちろん人はこの世で生きるために三島さんの行動から身を守る必要があります。人によりそれぞれ条件が異なり、身の守り方はいろいろであって仕方がありません。誰のやり方をも非難することはできないでしょう。ただ、人の死に嘲りのニュアンスをこめるのだけはよくないし、腹が立ちます。私は前に述べた通り、死の前の論文で三島さんの行動の過激さに必ずしも全面的に共感せず、批判的な気持もこめていました。「生活」の特異さは「芸術」を危うくするなどとも書きました。それは生きている三島さんに対してだからです。しかし一転して、死の後の論文では、行動の過激さに対しても、死に方の独自性に対しても、恐怖を感じてはいましたが、決して批判的にはなりませんでした。厳粛に受け止め、その必然性を考える以外のことは私にはできないという立場を守りつづけました。

江藤淳の評論「『ごっこ』の世界が終ったとき」

江藤淳は私の「文学の宿命」が書かれた一カ月前に「『ごっこ』の世界が終ったとき」（『諸君！』昭和四十五年一月号）を書いています。かなり長いこの政治状況論は、事実上アメリカに占領されている日本、自国の軍隊が軍隊であるようなないような日本の仮想現実のなかでは、すべての真面目《まじめ》は遊戯と紙一重とならざるを得ない宿命を前提にしていると見なしている点で、その現実観察は三島さんのそれとよく似ていました。決して対立した見方ではありません。

「実際この社会では、あらゆる行為がいつの間にか現実感を奪われてしまう。学生の暴力行為が『革命ごっこ』としか見えないのは、かならずしもテレビのせいだけではない」と彼は書きます。今の日本の現実がすでに「ごっこ」だというのです。

わが国の現実を否定的にとらえ苛立っている点において、江藤さんと三島さんは同一基盤の上に立っていました。であるなら、ここを踏み破って、一歩でもほんとうの現実に近づこうとした三島さんの真意を江藤さんは黙って見守り、静観してあげるべきではなかったのでしょうか。学生の「革命ごっこ」がバカらしいからといって、三島さんは政治現実の認識において自分と一緒なのですから、三島さんの「兵隊ごっこ」がバカらしいと簡単にどうして言えるのでしょうか。江藤さんは内心、文壇の目の上のたんこぶがこれで失脚して、四界敵もなく開ければ将来の文壇的立場は自分にとり便利で有り難いという邪心ある期待の見取図があったのではないでしょうか。

「楯の会」の自衛隊入隊を諷《ふう》して、江藤さんは次のように断定します。

したがって今日のいわゆる自主防衛とは、正確には「自主防衛ごっこ」あるいはmake-believeの世界における「自主防衛」だといわざるを得ない。そうだとすれば、このような位置におかれている自衛隊を国民に近づけるという理由で、「楯の会」なるものを組織して軍事教練を受けている人々は、いわば「ごっこ」のなかでさらに「ごっこ」に憂身《うきみ》をやつしているようなものである。ここでは現実の世界から二重の転位がおこなわれているために、現実感は二重に稀薄になり、禁忌は二重に緩和されて、当然「ごっこ」の面白さは絶妙の域に近づく。しかしこの自由さ、身軽さのなかで経験されるものは、いわば真の経験から二目盛だけずらされた経験である。その点

でこれは現代小説を読む経験によく似ているかもしれない。（略）

（江藤淳「『ごっこ』の世界が終ったとき」『諸君！』昭和四十五年一月号）

これは間違いなく三島さんを揶揄《やゆ》していることばです。そこには一片の共感もありません。同じ文壇仲間としての一介の同情もありません。不安や畏れの気持もありません。三島さんに向って、お前、いい気になってふざけんなよ、と言っているだけです。

もとより、生前の元気だった三島さんの「軍事行動」にこういう調子でからんでいくのは、自由な批評家としてはあって不思議のない対応です。作家対批評家なのですから、批評としても十分に成り立ちます。どんどん言ってもかまいませんでした。ですが、死後にも同じ調子の揶揄がもっと不遠慮に、残酷に投げつけられました。前にも引用しましたが、三島さんの死を「非常になまなましいはずなんですけれども、いまに至るまで、何か白昼夢を見ているような気がしてならないんです」と中村光夫氏との対談で語り、「三島事件は三島さんの早い老年がきた、というようなものなんじゃないですか」「老年といってあたらなければ一種の病気でしょう」と小林秀雄氏との対談で公言しました。「ごっこ」だと言いつづけているのです。

生前の三島さんの行動を「ごっこ」と言って嘲けるのは、まだご本人が生きている間に言うのですからこれはいくら言っても構わない。しかし死んだ後では、江藤さんはこれは言えないし、言ってはいけない。お二人の日本の政治状況の観察がほぼ同一だからです。同一であるのに、三島さんは「ごっので、ついに自らの行動でとり止めて、日本の仮想現実を一息に振り捨ててしまったのではないですか。なのに、江藤さんはその死を「白昼夢」だといい、「病気」だといい、割腹に終った楯の会による現実への彼のチャレンジを生前と同じように「ごっこ」であると言いつづけたことに等しいからです。

江藤さんが三島さんとまったく違う政治状況論を提示していたのなら別です。しかしお二人の「見方」は似ているのです。そして、三島さんは「ごっこ」をついに打ち破った。もうお遊びはやめた。真実と虚像が二重をなしているこの日本の現実の仮面をかなぐり捨て、彼なりに日本社会の「ごっこ」を打ち毀《こわ》してみせた。

三島さんの死はそういう自己主張を表現していました。それに江藤さんはきちんと答えることが出来ませんでした。文学者であるならその無感覚、その鈍感さは許されません。認識において三島さんと同一であることを知っていた「ごっこ」の仮想現実の中にその後もずっと踏み止《とど》まったのは江藤さんで、「ごっこ」の世界はついに彼においては終止符を打てなかったのでした。そのことは「ごっこ」という言葉を安易に持ち出した江藤さんの身に振りかかった竹篦返《しっぺがえ》しでした。天に唾《つば》し、その唾が自分の身に降り注いだのです。

彼は自衛隊が事実上アメリカに従属していていまだに独立国といえない日本の現実を「ごっこ」と呼んで、それなりに正確に次のように観察しているのでした。

（略）「ごっこ」の世界とは、したがって公的なものが存在しない世界、あるいは公的なものを誰かの手にあずけてしまったところに現出される世界、と定義することができるかもしれない。それなら公的なものとはなにか。それは自分たちの運命である。故に公的な価値の自覚とは、自分たちの、つまり共同体の運命を主人公として、滅びるのも栄えるのもすべてそれを自分の意志に由来するものとして引き受けるという覚悟である。それが生き甲斐というものであり、この覚悟がないところに生き甲斐は存在しない。よってわれわれには生き甲斐は存在しないのである。（同）

ご覧の通り最後の一行で、江藤さんは現状維持の自己是認、日本人には今もこれからもどうせ生き甲斐は存在しない、仕方がないのだ、諦めましょうと言っているにすぎないのです。

三島由紀夫は本当に「ごっこ」だったのか

それに対し、次はよく知られた三島さんの「檄」からです。

われわれは戦後の日本が経済的繁栄にうつつを抜かし、国の大本を忘れ、国民精神を失ひ、本を正さずして末に走り、その場しのぎと偽善に陥り、自ら魂の空白状態へ落ち込んでゆくのを見た。政治は矛盾の糊塗、自己の保身、権力慾、偽善にのみ捧げられ、国家百年の大計は外国に委《ゆだ》ね、敗戦の汚辱は払拭《ふっしょく》されずにただごまかされ、日本人自ら日本の歴史と伝統を瀆《けが》してゆくのを、歯噛みしながら見てゐなければならなかつた。われわれは今や自衛隊にのみ、真の日本、真の日本人、真の武士の魂が残されてゐるのを見た。しかも法理論的には、自衛隊は違憲であることは明白であり、国の根本問題である防衛が、御都合主義の法的解釈によつてごまかされ、軍の名を用ひない軍として、日本人の魂の腐敗、道義の頽廃の根本原因をなして来てゐるのを見た。もつとも名誉を重んずべき軍が、もつとも悪質な欺瞞《ぎまん》の下に放置されて来たのである。自衛隊は敗戦後の国家の不名誉な十字架を負ひつづけて来た。（中略）われわれは戦後のあまりに永い日本の眠りに憤つた。自衛隊が目ざめる時こそ、日本が目ざめる時だと信じた。自衛隊が自ら目ざめることはなしに、この眠れる日本が目ざめることはないのを信じた。（中略）

四年前、私はひとり志を抱いて自衛隊に入り、その翌年には楯の会を結成した。楯の会の根本理念は、ひとへに自衛隊が目ざめる時、自衛隊を国軍、名誉ある国軍とするために、命を捨てようといふ決心にあつた。

（平成十九年版憂国忌冊子）

以上が江藤さんの「仕方がないのだ、諦めましょう」のメッセージとは逆であり、「現状維持の自己是認」ではなく、「現状打破の自己否定」の方に向いていることは誰の目にも明らかでしょう。これがどうして「ごっこ」といえるでしょうか。三島さんは江藤さんと同じ自衛隊の閉塞状況を知った上で、一線を跳び越えたのです。江藤さんはこれを見てただひたすら瞑目し、合掌する以外に何をすべきだったというのでしょうか。「白昼夢」だとか、「老年」だとか、「病気」だとかは余りといえば余りの言いようではないでしょうか。江藤さんが社会党や共産党系の左翼知識人ならそういう罵詈讒《ばりざん》謗《ぼう》もあるいは人を驚かせないかもしれません。同じ憂国の情を胸中に宿していたらしい人なので、小利口に立ち回ろうとする文壇政治が頭にあるために、こうも卑しい立居振舞になるのかと、今あらためて彼への往時の嫌悪感を思い出します。

私はあの当時、江藤淳は倶《とも》に天を戴くにあたわず、と思ったものでした。

芸術（文学）と実行（政治）の激突だった

三島さんにとって「ごっこ」の世界は「楯の会」ではなく、同時並行的に書き進められていた『豊饒の海』四部作の創作でした。「生活」と「芸術」を切り離して、「生活」の真実《ヴァールハイト》と「芸術」の虚構《リューゲ》とを共時的に、それぞれ独立して完成させたい。「芸術」を高度の遊びとするために「生活」の部分はどこまでも遊びであってはいけないという二元論のリゴリズムを達成させようとしたいきさつは前に述べました。「芸術」の自立のためにも「楯の会」は「ごっこ」であってはいけなかったのです。そして二元論は最後にうまく行かなかったのは残念ながら「生活」が自決に終ったからでした。

そういう限りでいえば三島さんの死は芸術上の死、文学的死でした。けれども、『憂国』『英霊の聲』『朱雀家《すざくけ》の滅亡』『わが友ヒットラー』から『豊饒の海』に至る文学作品をいくら丁寧に読んでも、そこからは死の謎を解く鍵も、三島さんの悲劇の本来の形姿も、つかみ取ることはできないでしょう。「楯の会」は「ごっこ」ではなかったからです。あの「檄」に現われた憲法改正への意志、自衛隊を真の国軍にし、アメリカによる占領状態からの日本の解放、真の独立国家の達成への祈願――この「生活」の部分の真実性《ヴァールハイト》こそがほかでもない、彼が生命を賭していた最重要の課題でした。彼の文学を政治ぬきで解釈しようとしてもダメです。文学だけで理解しようとする文学的試みはことごとく失敗に終るでしょう。ことに、全共闘系新左翼が跋扈《ばっこ》した一九六八―七二年の、パリ五月革命と連動していた世界的同時多発の「青年の反乱」の動向と切り離せない関係にありました。

一九六八年にソ連軍戦車隊がチェコのプラハに進駐しました。アメリカ帝国主義だけを敵視していた左翼はにわかに反帝反ソと言い出し、新左翼が出現し、西側共産主義運動のこの変質が「青年の反乱」の季節を特徴づけます。スターリニズムかファシズムかの二者択一を迫られていた一九二〇年以来の緊迫した問いは、第二次大戦後、マルクス主義か実存主義か、サルトルかカミュかの論争をまでまきこんでつづいていましたが、一九六八―七二年頃、この二者択一はいっぺんにむなしくなり、どうでもよくなってしまったのです。現実が怒濤《どとう》のごとく動いたからです。この時期の世界史の地殻変動――人類の月面到着から核状況と人口爆発、教育の大衆化、黒人の台頭、性の解放、テレビの普及と情報化社会の出現、等々に至るまでいろいろな変化が急激に起こりました。「三島事件」もその波の一つに数えられます。

「興奮していた」のは私ではなく保守派知識人のほうだった

私の（B）と（C）の二つの三島論は早くもそのような文明論の新しい潮流の方向に言及していました。文学論でも政治論でも、そのどちらでも解けない、三島さんによって身をもって提出された現代の人間の生き方の革新性についてです。

当然ながら二つの論文に文壇の反響はありませんでした。私の周りにいた保守系の文化人や教養人は誰も拙論を論評しませんでした。三島さんの死に嘲りのニュアンスを言葉にした江藤淳の影響は思いのほか大きかったのかもしれません。今でも忘れないのですが、同じ時期に文壇で仕事を始めた入江隆則さんが私に面と向って、「西尾さんもとうとうあんなことを書いてしまったからね」と言ったことばは私を傷つけました。それは粕谷一希氏と同じような口調でした。三島さんの死を積極評価したのはいけなかったという意味でしょうか。日本文化会議の大磯シンポジウムの帰りに、名だたる保守系文化人が誰いうとなく、「三島論はたくさん出たけど誰が一番見抜いていたかなァ」というと、芳賀徹《はがとおる》さんが「そりゃ西尾さんだなァ」と仰有《おっしゃ》いました。これは好意的なお言葉でした。するとどこからか、誰からか分りませんが、どっと二、三の笑い声が上りました。冷たい笑い声で、やはり私を傷つけました。そして、ひとこと日本思想史の源了圓《みなもとりょうえん》氏が「西尾さんはちょっと興奮していましたね」と仰有り、それ以上なにも詳しくは語りませんでした。

私の耳に入ったのはせいぜいがその程度です。

しかし、そうこうするうち、やがて評価のことばは思いもかけぬ人から来ました。すなわち既成の文壇人でも、保守系文化人でもない別の世界の人から寄せられたのです。独自の業績を遺したあのフランス文学の故澁澤龍彦《しぶさわたつひこ》氏です。氏とは面識もないし、遠い人のように思えていたので、驚きもし、嬉しくもありました。

三島さんの自決の問題が謎みたいに言われているけれども、これはぼくに言わせれば、世間で受け取られている常識的見解に反して、意外に単純な問題なんです。深いけれども単純なこと、おそろしいほど単純なことですね。ずばりと言えば、まさにニヒリズムとラディカリズムの問題で、それ以上でもそれ以下でもない。（中略）この倫理的ラディカリズムということを抜きにして、政治的イデオロギーや心理学だけで割り切るのは、まったくナンセンスというべきです。左翼のなかにも三島さんの共鳴者が多くいるのは、当たり前のことでしょう。ずい分いろんな人が三島論を書きましたが、このことをはっきり問題の焦点として見据《みす》えた人は、ぼくの知っている限りでは、西尾幹二さんだけだったようです。この人は三島文学の愛好者でもないし、まことに穏健な思想の持主らしいんですけれども、ふしぎなこともあればあるもので、少なくとも問題の核心をつかんでいましたね。ぼくは敬服したおぼえがあります。

（『日本読書新聞』昭和四十六年十二月二十日）

「穏健な思想の持主」というのは、私が保守系知識人の一人と看做されていたからでしょう。私はその後、澁澤さんとの間で二、三の文通と自著の交互の贈呈を行いました。

今読み返して、（B）と（C）の私の文章を興奮していると感じる読者ははたしているでしょうか。三島事件の衝撃は、大概の保守的な読書人の頭を真白にしました。興奮していたのはむしろ彼らなのです。自分の心が正常でなくなっていると、正常な文章が異常に見えるものです。すべては時間が解決してくれていて、今私の文を読み返す読者が正当な判断を下していると信じます。

私は保守ではありません。左翼ではもちろんありません。そういうレッテル貼りがいかに不毛であるかを痛切に感じます。

批判か嘲りか故意の無関心かを装う論評の多い中で、心に残る言葉が書かれているケースが他にありました。陣営の違う遠い場所にいた人が私にはにわかに懐かしくなり、その一件が契機となって今に至るまで親しいお付き合いをさせていただいている人がいます。これは私には稀有な交友の切っ掛けでした。その人は文芸評論家の桶谷秀昭《おけたにひであき》さんです。桶谷さんはこのとき三島さんの死を笑わなかったし、逃げ腰になったりごまかしもしなかった数少ないお一人でした。三島さんの死を厳粛に受け止め、私の周りの保守系文化人とは違い、清冽《せいれつ》な文章を書き留めていました。

わたしは以前、三島由紀夫の純粋天皇制という理念を、もはや天皇制が現実的、政治的に機能することが不可能な戦後を背景にしてはじめて成り立つ美的理念にほかならない、という主旨を書いたことがある。いまでもその考えをあらためる必要を感じないが、ただ当時、わたしに欠けていたのは、三島由紀夫がそういう美の理念をいわざるをえなかった内心の衝動にたいする深切な思いであった。

やがてそのエステティックが、三島由紀夫の生をむしばんでゆくといった宿命への予感を、切実に抱《いだ》かなかったのである。たとえば、橋川文三《はしかわぶんぞう》が、三島由紀夫のその衝動は、「ノスタルジア（帰郷の痛苦）」という死に至る病だと書いているような危惧をもたなかった。

わたしには、戦前の日本浪曼派のあの民族の無意識への回帰が、はるかにドラスティックに三島由紀夫に再び実現されるとは予想することができなかった。

三島由紀夫には思想的な勇気がたしかにあり、頭痛がすれば、それに効く薬であればどんなものでも呑んでしまうという決断があった。そして呑んだ薬は、三島由紀夫の体質に劇薬の効能を発揮し、その決断も死に至る病の果ての、けっして健康明朗たりえない、暗い自己強制であったことは、悲しいが、争われないのである。

否、これは三島由紀夫にかぎらない、およそ民族の無意識に同化することは、死によってしか果たされえないのである。

和魂の憂憤は人に死の支度《したく》をいそがせるのである。

（桶谷秀昭「浪曼的憂憤の果て」『文学界』昭和四十六〈一九七一〉年二月号）

作家の死を悼《いた》むこの美しい鎮魂の賦《ふ》に、私は付け加えるべき余計な言葉を持ちません。それから五年たった一九七五年に、私は桶谷さんと『三田文学』（十二月号）で対談をしました。「戦後三〇年と三島由紀夫」という特集の一つで、かなり長い対談のコピーを先日入手し、桶谷さんにも送りました。二人の顔写真があまりに若いのにわれわれは電話口で笑い声をあげました。

この対談を企画したのは当時まだ慶応の学生であった評論家の西村幸祐さんでした。西村さんが雑誌のバックナンバーを所有していて、コピーを作成してくれたのです。しかし、三島事件を契機に私と桶谷さんが秘かに心を通わせるようになった事情は知る人もなく、私たちのどちらかが広告したこともなく、『三田文学』の当時の若い編集者がどうしてこの企画を考えたのか不思議で、今度西村さんに問い合わせました。

彼は三島事件後、手に入るあらゆる関連文献を読み漁《あさ》っていたそうです。その積み重ねた経験の結果、対談者として私と桶谷さんの二人を選定したとのことでした。本人たちが了解し合っていた交感が第三者の他人の目にも映っていたのは、奇しくも妙なる思いがけない快挙でした。

本来、これも秘事に属すべきことでしょう。三島さんがあの（D）の対談、『國文學』における三好行雄氏との対談で拙文に言及して下さったことも、目立たぬ雑誌ゆえ、秘事に属すべきことでありました。あの資料を取り上げて「三島由紀夫の死と私」について一文を草するなどという大胆な計画は、ごく最近まで念頭にも浮かびませんでした。三島さんとのことはすべて秘事のままに隠しておきたかったのです。特別に重要な資料でもありません。ただ、私が自分に即して自分にいっさい関連づけて書けばポイントをなす重要な資料にならざるを得ないのです。それで持ち出しましたが、前にも言った通り、「三島事件」はあの日以来、封印して終りにしたかったのです。

ところが今度、あとがきにも書いた通り、ある機縁があって、昔の記録を引っぱり出して、あまり深い考えもなく思い出の一部を語ってしまいました。いったん文字にした以上、できるだけ全体を正確に遺漏なく記述し、記録としての完璧をも期すことは執筆者の義務でもあります。そのような限定された志と目的をもった一文であることをご了解いただきたいと思います。

第四章　私小説的風土克服という流れの中で再考する

小林秀雄「文学者の思想と実生活」より

小林秀雄に「文学者の思想と実生活」（昭和十一年）という有名な論争文があります。トルストイの家出問題をめぐって、自然主義の大家といわれた作家の正宗白鳥《まさむねはくちょう》と論戦を交した一文です。トルストイは八十の老人になった最晩年に、『わが懺悔《ざんげ》』で語ったような人類救済の夢を抱いて家を出た。そして放浪の途次、抽象的煩悶の末に、行き倒れのようになって田舎の駅舎で病死したということになっているが、『日記』に照してみると、妻のヒステリーが原因で家出したのであって、思想的煩悶などに原因はない。トルストイがいかに立派な思想を抱いていたとしても実生活をみるとご覧の通りのていたらくで、これは悲壮でもあり滑稽でもある、というようなことを白鳥は言ったらしい。私は小林に宛てた白鳥の批判文は読んでいないので、小林の文から察するのみですが、論争の行司役をするのではないから、小林の主題を垣間見るうえでは支障はないでしょう。

小林はこう書いています。

僕がこの問題で発言の機を捕へたのは、トルストイの家出の原因は、思想的煩悶にはなく、実際は細君のヒステリイにあり、そこに人生の真相を見る云々《うんぬん》の正宗氏の文章を読んで、永年リアリズム文学によつて鍊《きた》へられた正宗氏の抜き難いものの見方とか考へ方とかが現れてゐると思ひ、それに反抗したい気持を覚えたからである。

（小林秀雄「文学者の思想と実生活」『小林秀雄全集』第四巻、新潮社）

リアリズム文学、ないし自然主義文学の運動は日本に初めて現われた近代文学への目覚めと追究の運動でもありました。ゾラやイプセンやフロベールやモーパッサンやハウプトマンなどからの影響をもろに受け、文学の「西洋化」を目標としていましたが、不思議なことに、そこから生まれた作品は恐ろしいまでに日本的な実感主義に終始していました。嘘のない私生活のありのままの姿を描く。つくり話を嫌う。抽象的な思想を信じない、だけでなく蔑視する。いわゆる「私小説」と呼ばれる作品がその後日本の文壇の主流をなしたことはよく知られていますが、自然主義文学運動を契機とし起こった流れなのです。

小林は妻のヒステリーにトルストイの真の姿を見、ひいては人生の真相を見るというような白鳥の「思想の型」を問題にします。自分はそんなリアリズムに心を動かされはしない、と。

> 問題は、トルストイの家出の原因ではない、彼の家出といふ行為の現実性である。その現実性を正しく眺める為には、『我が懺悔』の思想の存在は必須のものだが、細君のヒステリイなどはどうでもいいのだ。どうでもいいといふ意味は、思想の方は掛《かけ》替《が》へのないものだが、ヒステリイの方は何にとでも交換出来るものだといふ意味だ。彼の思想は子供の病気に凝結してもよろしいし、犬の喧嘩で生動しても差支へないのである。若《も》し細君のヒステリイが、トルストイの偉大を証する上に掛替へのないものとするなら、そんな深い意味を、この単なる事実に付与したものはまさしくトルストイの偉大さではないか。即ち思想ではないか。　（同）

私は本書の第二章で、小林秀雄が三島の死を病気だという江藤淳を窘《たしな》めて、「あなた、病気というけどな、日本の歴史を病気というか」と語った個所を引用し、第三章でも問題にしましたが、あそこをこの関連で、いま一度思い起こして下さい。三島をトルストイになぞらえて言うのではありません。トルストイと同タイプの思想的煩悶を三島がしていたわけではない。けれども彼も作家でした。『豊饒の海』という文学的挑戦をしていました。日本の歴史にふさわしい位置への天皇の復権に、そして日本の国家的再生のための国軍の復活に、全身全霊を捧げていました。これらの思想が彼の実生活に果てしない犠牲を強いていました。

小林は江藤との対談で、三島由紀夫を吉田松陰になぞらえましたが、そのことに、江藤は抵抗します。三島事件は白昼夢を見るようで、合理的、人工的で、吉田松陰とはだいぶ違います、と応じると、小林は「いえ。ぜんぜんそうではない。三島は、ずいぶん希望したでしょう。松陰もいっぱい希望して、最後、ああなるとは、絶対思わなかったですね。三島の場合はあのときに、よしッ、と、みな立ったかもしれません。そしてあいつは腹を切るの、よしたかもしれません」。

思想が実生活を動かすのであって、実生活が思想を決定づけるのではないのです。もしも三島が彼に固有の思想に襲われていなかったら、実生活があそこまで振り回されることもなかったでしょうし、積極的に死に向かっていくこともなかったでしょう。思想が彼を動かして死に至らしめたのであって、よしんば生活上に切っ掛けをなす諸原因はあったとしても、それらが死へ赴く主たる原因ではないのです。

「実生活を離れて思想はない。併し、実生活に犠牲を要求しない様な思想は、動物の頭に宿つてゐるだけである」と小林はトルストイに即して書きますが、若いときの彼のこの言葉ははるか遠く三島事件に対する江藤との対談中の発語に、真直《まっす》ぐにつながっているように私には思えてなりません。

江藤淳は三島の自決は彼に早い老年が来たか、さもなければ病気じゃないかと言いましたが、トルストイの死に「細君のヒステリイ」を見て悦に入る自然主義作家のリアリズム、いかにも分ったような、人生の真相はたかだかこんなものという「思想の型」によく似ているといってよいでしょう。

そういえば三島事件後、俗耳に入り易い江藤流の原因説が数限りなく出ました。三島さんの出自は洗い出され、同性愛から切腹願望の性的倒錯心理までが暴かれました。分り易い知的説明、病理学的原因究明はいたるところに発見され、出版されました。私はいっさい関心を持ちませんでした。「細君のヒステリイ」に原因を求めて安心する現代知識人に特有の気質にいちいち付き合っている気にはなれなかったからです。

私にはふとそのことに関連して思い出すことがあります。小林秀雄没後十年に際し、私は江藤淳と『新潮』（平成五年五月号）で対談しました。江藤が小林について相当に否定的なことを言い、正宗白鳥の文学的優位について熱弁を振《ふる》っていたのが奇異に思えていましたが、ああそうかといま合点《がてん》がいったのです。江藤さんは抽象的煩悶などにまったく無縁な人でした。生活実感を尊重する自然主義以来の文壇的リアリズムにどっぷり浸《ひた》っていた人でした。三島の悲劇は分らない人には分らないのです。縁なき衆生《しゅじょう》には縁なきことが世にはままあります（江藤淳との対談「批評という行為――小林秀雄没後十年」は拙著『思想の出現』東洋経済新報社刊に収録されています）。

小林の「文学者の思想と実生活」の結びに近い個所に次のような言葉があります。

「思想の力は、現在あるものを、それが実生活であれ、理論であれ、ともかく現在在るものを超克し、これに離別しようとするところにある」

その通りだと思います。「思想の力」は理想と言い替えてもよいでしょう。

私は次にみる同文の結語を読んで、昭和十一年にこれを書いた小林秀雄がさながら三島の自決を予見していたかのごとき思いにさえ襲われたほどです。

「エンペドクレスは、永年の思索の結果、肉体は滅びても精神は滅びないといふ結論に到達し、噴火口に身を投じた。狂人の愚行と笑へるほどしつかりとした生き物は残念ながら僕等人類の仲間にはゐないのである」

一九七〇年代の半ば頃に、私はギリシア哲学者の故齋藤忍随《にんずい》氏にお目にかかる機会がたびたびありました。三島事件は氏の関心事で、開口一番、三島はエンペドクレスですね、と言いました。エトナの噴火口に身を投じたこの古代の哲人は、ヘルダーリンが歌い、ニーチェが劇詩に仕立てた相手です。歴史の中には「狂人の愚行」としか思えない完璧なまでの正気の行動があるのです。自分の破滅のプロセスを隅々まで知的明晰に結びつけて観察しつつ破滅した人、それが三島さんです。

明治大正の文壇小説と戦後の近代批評

私は本書の第三章で「芸術と実行」というテーマを取り上げました。「芸術と実生活」と言い換えることもできますし、後の時代には「文学と政治」の名において同系列の思考のパターンに引き継がれ、盛んに文壇論争に論題を提供しました。

三島さんは「芸術と実行」をきっかり区別し、分離して生きることを自分の流儀と考えていました。そしてそれがいかにきわどい生死の淵に彼を誘い出したかの心理の機微を、私は若い日に目撃したと書きました。すなわち、「実行」は彼の場合、日本の政治の壁に行動家として穴を開けようというのですから当然反社会的になります。「芸術」はそれにとらわれずに古典的な様式美や演劇的な客観性を彼の実生活から切り離して純粋に守ろうとするだけに、不安定になります。「実行」とは無関係ではないからです。「実行」の領域から養分を吸い上げ、現実と相関わる心理的緊張によって創作力を維持するというのが彼の若い頃からの方法的態度でした。

「芸術」のために「実行」の領域を捨ててしまうことが出来るなら、話は簡単です。しかし彼の場合、そうはいきません。両者は分離されたまま、緊張のうちに相手を必要とし合う関係にありました。三島由紀夫が芸術家でなかったら、あの過激な政治行動は起こり得なかったでしょう。トルストイが人類救済の困難な思想を抱いていなかったら、家出をすることも、妻のヒステリーに悩むことも起こらなかっただろう、というのと同じです。

しかしまた逆に、「芸術」と「実行」を分離せずに、最初から一致させることを心掛けていたら、いかなる悲劇も生じなかったのではないか、という想定もあります。それで成功している作家も少なくありません。私小説がそうですし、旧左翼型の社会派小説もそうです。芸術家の自我の内側に描写の世界は閉じ込められます。芸術家は実生活の延長線上に、いわばその写し絵のような、自分の弱点や不徳義をも明らさまに告白した世界を描くことに満足します。社会派小説も自分のイデオロギーの反映像をそのまま世界像と誤認するのですから、閉鎖的な自己小説であることに変わりはありません。

明治末年から昭和へかけて文壇の主流をなした実生活の素朴な芸術化、「芸術」と「実行」の一致に対し、三島由紀夫が一貫して抵抗し、これを克服しようと作家として身を以て実践に乗り出したことが彼の悲劇と深刻に関係していることをあらためてここでもう一度再確認したいと思います。小林秀雄の「文学者における思想と実生活」、トルストイ論争が示唆した昭和初年のテーマに、「芸術と実行」の分離の主題が符合していることはあらためて申すまでもありません。

論議の余地の多い「社会化した私」の評語で知られる小林の「私小説論」（昭和十年）あたりを水源に、作家の実生活、実人生、実行的課題と芸術上の創作の世界、虚構の形象化の間に広がる溝をどう考えるかは、圧倒的な西洋文学の影響下における日本の近代文学の自立の問題として、戦後多くの批評家によって引き継がれ、取り上げられました。中村光夫『風俗小説論』（昭和二十五年）、福田恆存《つねあり》『作家の態度』（昭和二十二年）、伊藤整《せい》『小説の方法』（昭和二十六年）、平野謙『芸術と実生活』（昭和三十二年）等々、私が自分の限られた蔵書の中から拾い出すだけでも、戦後の文芸批評には、今はすっかり忘れられた共通の問題意識があったように思い出されます。

それは一口でいうと私小説克服のテーマでした。戦前から戦後へかけて文壇の主流は私小説でしたから、批評家は口を揃えて、自然主義的リアリズムが作家の身辺の出来事に取材した私小説の方法に帰着したのは西洋文学の誤解であり、作家の自我のあり方がいかに西洋のそれとは異なるかを力説してやみませんでした。

田山花袋《かたい》の『蒲団《ふとん》』（明治四十年）の成功はわが国の小説形式に最初の定形を与えたものでした。人間の真実を追求することが文学の使命であり、そのためには作家の実生活上の経験をそのまま語るに勝る方法はない、と信じられたのです。この小説の主人公は、作者その人を思わせる妻子ある中年の小説家で、同居させている美しい女弟子に魅惑され、彼女に恋人が出来ると邪魔しようとする衝動のために、右往左往して、自分の妻の感情などを顧みない。最後の場面では、女弟子を父親に郷里へと連れ帰させる。その後で彼は女が残していった蒲団のビロードの襟に顔を埋めて苦しみのために泣くのです。

なぜこんなレベルの告白小説が一躍文壇の主潮流を指導する地位をかち得たのか、分りません。花袋は社会人としての自分の恥をあからさまに書き立て、家長としての面目をあえて無視し、自分の弱点を、これこそが人間の真実だ、とわざと露呈してみせたのです。

明治の文学界は、『蒲団』を源泉とする告白体の小説の氾濫を引き起こしました。島崎藤村の『家』、徳田秋声《しゅうせい》の『黴《かび》』、岩野泡鳴の『断橋《だんきょう》』といった世にいう自然主義の代表作はことごとく作家の身辺に取材した告白小説です。こうした風潮に従わなかったのは鷗外、漱石であり、泉鏡花や永井荷風でしたが、人生の真実を表現していない遊戯的文学として退けられる傾向さえあったほどです。

大正期に入っていわゆる自然派に反旗を翻した新しい作家たちが出て来ます。志賀直哉、佐藤春夫、芥川龍之介などですが、これらの人々もその重要な諸作においては告白の形式を踏襲しました。『和解』も、『田園の憂鬱』も、つまるところは花袋が『蒲団』で最初にやってのけた手法の発展形態でした。

日本の作家は小説の中に自分とは異なる他者としての主人公を設定することが苦手なのです。ややもすると作家本人と主人公とがぺったり一致し、距離感がない。作家の実生活や実行為がそのまま芸術表現となっている。作家の芸術家としての自己と社会人としての実生活、いいかえれば「芸術」と「実行」の間に区別がなく、最初から一致してしまっている、といえるでしょう。

中村光夫や福田恆存といった戦後の批評家がいっせいに問題として取り上げたのが日本の近代文学におけるこの自我の弱さ、「私」の未成熟、芸術家としての特権への甘え、身辺雑記を超えられない世界像の独特な狭隘《きょうあい》さ、等々でした。

三島由紀夫は中村光夫や福田恆存のほぼ同じ問題意識の中にいました。彼における「芸術」と「実行」の分離のテーマは、同時代の批評意識一般に共通する同じ問題設定に発していたといっていいのです。『豊饒《ほうじょう》の海《うみ》』四部作が私小説風土克服への野心的挑戦であり、壮大な実験であったことは意図として、動機として、まず間違いはないのです。

二葉亭四迷の〝文学は男子一生の仕事になるのか〟

戦後の批評家が近代日本文学の自己確認の歴史を遡っていっせいに取り上げた先駆者の一人に、二《ふた》葉亭四迷《ばていしめい》がおります。中村光夫も福田恆存も重視していた存在ですが、実作品の少ない作家で、批評意識の旺盛であった点が近代文学の開拓者らしい独特の評価を与えられてきた所以であると思われます。

二葉亭は明治二十年から三年間にわたって書いた『浮雲《うきぐも》』の一作、及びツルゲエネフの翻訳が前半生の主な業績で、それ以後文学を棄て、ロシアの地などを含む長い放浪を経て『其面影《そのおもかげ》』『平凡』などで文壇に返り咲きますが、安易に文学を信じている同時代の文学者に向かって、機会あるごとに〝文学は男子一生の仕事になるのか〟と痛罵のことばを浴びせてやみませんでした。勿論『浮雲』ほかは小説としても魅力的な作品であるだけでなく、言文一致体という新文章を創始した文学史上も記念碑的な作品です。そのことはいくら強調してもし過ぎることはないのですが、二葉亭の本領は「実行」

のほうに心が大きく傾いて、「芸術」に浮身をやつする同時代の文学者に猜疑の矢を放ちつづけた批評意識にこそあったといえるでしょう。

彼の心を領していたのは日本の北辺を脅すロシアの存在でした。「私は懐疑派だ」という評論に次のように書かれています。

……小説は第二義のもので、第一義のものぢやなくなつて来る。……だから作をする（注・小説の創作をする）時にや、精神は非常に緊張させるけれども、心には遊びがある。丁度、撃剣で丁々と撃合つては居るが、つまり真剣勝負ぢやない、その心持と同じ事だ。こんな風だから、他人は作をしてゐねば生活が無意味だといふが、私は作をしてゐれば無意味だ、して居らんと大いに有意味になる。この相違を来すにや何か相当の原因が無くてはなるまい。

（二葉亭四迷「私は懐疑派だ」『現代日本文学全集第十編　二葉亭四迷・嵯《さ》峨《が》の屋《や》御室《おむろ》集』改造社）

また次のような言葉も綴られています。

……だから人が文学や哲学を難有《ありがた》がるのは余程後《おく》れてゐやせんかと考へられる。第一其等《それら》が難《あり》有《がた》いと云ふな、偽《うそ》の難有《ありがた》いんだ。何となれば、文学哲学の価値を一旦根柢から疑つて掛らんけりや、真の価値は解《わか》らんぢやないか。ところが日本の文学の発達を考へて見るに果してさう云ふモーメントが有つたか、有るまい。今の文学者なざ、殊《こと》に西洋の影響を受けていきなり文学は難有《ありがた》いものとして担《かつ》ぎ廻つて居る。これぢや未《ま》だ未だ途中だ。何にしても、文学を尊ぶ気風を一旦壊して見るんだね。すると其敗滅の上に築かれて来る文学に対する態度は「文学も悪くはないな！」ぐらゐな処《ところ》になる。心持は第一義に居ても、人間の行為は第二義になつて現はれるんだから、ま、文学でも仕方がない云ふやうに、価値が定まつて来るんぢやないかと思ふ。（同）

二葉亭は小説家としての才能が乏しかったのではありません。また、実行家として彼が抱いていた国士的想念、国家を思う感情にアレクサンドル・デュマやヴィクトル・ユーゴーのように活劇的な物語りの定形を与えようと思えば出来なかったわけではなかったでしょう。しかし実際には彼は市井の情事のデリケートな心理の葛藤を作品の題目には選び、「実行」の世界と「芸術」の世界をはっきりと区別しつづけました。

「私は懐疑派だ」から引用した右の二つの文は、本書第三章における三好行雄《みよしゆきお》氏との対話中の三島由紀夫の次の言葉を思い起こさせないでしょうか。小島信夫とも太宰治とも自分は違うと言い、剣道とか自衛隊入隊とかいった「実行」の世界へのめりこむ必然性について語ったあのくだりです。

煩雑ですが、三島さんの言葉をもう一度短く引用します。

文学と関係のあることばかりやる人間は、堕落する。絶対、堕落すると思います。だから文学から、いつも逃げてなければいけない、アルチュール・ランボオが砂漠に逃げたように……。

砂漠の彼方《かなた》に駆けだしたときに、そのあとをデートリッヒみたいに、はだしで追いかけてくる女は、ほんとうの女ですよ。ぼくはそれが、ほんとうの文学だと思います。ぼくの場合は、できるだけ文学から逃げている。するとはだしで追っかけてきてくれる女がいる。それが、ぼくの文学です。

日本の近代文学が当初からぶつかっていた課題に、三島も直面していたのです。何十年とシベリアの空を睨んで二葉亭は悶々の思いを耐え忍びました。小説どころではなかったからです。芸術をすら疑うという気持、もっと真面目に人間のしなければならない課題があるという心持、日本は今それどころではないという二葉亭を襲った焦燥感――これと同じ日本の運命への思い、憂国の情が、三島を襲っていたことを疑うことはできないでしょう。

勿論《もちろん》、戦後日本の政治危機は一九六〇―七〇年のあの特殊な一時代に具体的な高まりをみせたとはいえ、それ以前にもそれ以後にも、日本の国内には死んだような平和が支配していました。それだけに三島の「実行」の世界は、ロシアの脅威に憂慮した明治の二葉亭のそれのように、万人には直接的にすぐに理解され難い側面があるかもしれません。

けれども戦後喪われた「国体」の回復と「国軍」の再興、アメリカからの本当の「独立」は、三島由紀夫の存命中はもとより今なお解決されていない日本の国民的課題であり、悲願であります。日本はアメリカの保護国であっていいわけはありません。この儘であっては国の行末は危うい、という思いは平成も二十年を数えてむしろますます強まっている自覚だといっても過言ではないでしょう。二葉亭にとっての国難の意識と三島由紀夫の憂国の思いが、作家の心の中の出来事として見た場合、どちらが高くどちらが低いなどということは言えません。

福田恆存の最初の文芸評論集『作家の態度』（昭和二十二年）に、「近代日本文学の系譜」という、知る人ぞ知る重要な論考があります。この論が冒頭に据《す》えているのは二葉亭四迷です。日本の近代文学にとって宿命的な「実行」と「芸術」の分離のテーゼが提出されています。

二葉亭は当然、二元的な態度を採らざるをえなかつた――内省による心理主義を芸術に、そしてそのやうな芸術概念によつては始めから否定せられざるをえぬものとして、自己主張の役割は日常生活の実行に、といふわけである。かくして現実社会によつて拒絶せられ、逐ひつめられた自我を、ひるがへつてその作品のうちにもちこむすべは、つひに二葉亭の与《あずか》り知らぬところであつた。二葉亭は芸術の領域から生活を放逐し、また生活の領域から芸術を遮閉《しゃへい》し、かくして二つの世界は彼のうちにおいて互に対立し、相譲らざるものとなつたのである。まさに二重生活である――作家としての二葉亭四迷と、国士としての長谷川辰之助と。

たしかに彼の包懐せる芸術概念はその生活をかすつてはゐたが、この事実を反省し、芸術を罪するほどに、彼の生活者としての地盤は強靭《きょうじん》であつたといへる。「渠《かれ》は小説家でなかつたかも知れないが、渠自身の一生は実に小説であつた。」――これは（内田）魯庵《ろあん》の言葉であるが、そこに僕たちは、作家が自己の生活を芸術のうちにもちこみえなかつたほど当時の社会的現実から遊離した芸術概念を認めると同時に、たとへ盲目的ではあったにせよ、その信仰の純粋さと、さらに生活者、社会人としての頑強な抵抗とを看取するのである。その底には同時代の現実に対する深い責任が汲みとられる。

（福田恆存「近代日本文学の系譜」『作家の態度』中央公論社）

二葉亭の芸術不信は同時代の文学者の生き方の歪み、実生活の無能力を芸術によって正当化しようとするたぐいの欺瞞《ぎまん》へのにがにがしい思いに、端を発していた面もあったように思います。生活難というあまりに単純な理由を取り除いてしまったら、大抵の作家は創作の筆を捨てて安易な生活に走ったであろう、と、二葉亭は同時代の作家に皮肉のことばを投げかけていました。福田恆存も指摘していますが、作家たちは生活の場で解決すべき問題を芸術の中に持込んでいないか。生活上の無能力に芸術上の拠り所を求めていないか。二葉亭はそのような同時代の芸術概念に自分が身を挺すことを潔《いさぎよ》しとしなかったのではないかと思います。そしてそれは三島由紀夫のあの一貫した太宰治嫌い――ボディビルをすれば太宰の苦悩はなくなる等――という潔癖さと通底するものがあることに読者は気がつくでしょう。

さりとて二葉亭のような懐疑派であることに三島は立ち停まっていませんでした。芸術不信で止まって、寡作で終った二葉亭とは異なり、三島は相次ぐ達成のあとに『豊饒の海』という近代日本の一大壁画を描き出そうと起ち上ったのです。

三島は「国体」の回復と「国軍」の再興のために自衛隊の蹶起《けっき》を、自前の軍隊、楯の会によって惹き起こそうとした「実行」の世界を、直接文学の題材にする考えはまったくありませんでした。「実行」

と「芸術」を分離させるという二葉亭のあの批評意識をしっかり継承していた現われといってよいでしょう。

私小説作家の「芸術」と「実行」の一元化

私は新聞で文芸時評（共同通信、昭和五十六—五十九年）を担当していた時期があり、いわゆる私小説をよく読みました。私小説の全盛期は過ぎていましたが、文壇にはまだ特殊な世捨人の気風が残っていて、実社会から逸脱して身を滅ぼすような流浪の生活を送ってきた作家たちの、私生活を告白的に綴った小説は文芸誌にまだまだたくさん載っていました。ことに戦前のそうした無頼生活、満州その他の外地での放浪生活を回顧的に語った作品、例えば八木義徳《よしのり》の世界などはとても雄渾《ゆうこん》で、私は好きでした。また、少しタイプを異としますが、ガン病棟の療養生活を静かに叙述した歌人上田三四二《みよじ》の私小説は読者の心に深く入る作風です。破滅小説のタイプではありませんが、上田はおよそ作為する風がありません。自分が病気と文学についてラジオ講演をしたときの録音をそのまま文字に直して、小説の中に長々と引用するといったことも平気で、小説なのか随筆なのかも区別のつかない自由自在な筆の運びでした。

私小説は小学生が家庭や学校で起こった出来事をできるだけ正直に表現する「綴方《つづりかた》」の世界に似ているのではないかと思ったこともあります。そして、秀れた書き手の手にかかる綴方や作文は「文学」の域に達するのです。日本文学の伝統に根ざす随筆の分野はそれでしょう。

ゾラやモーパッサンやフロベールの影を追って、人生の真実を追究しようとした自然主義リアリズムの作家たちの文学的苦闘の結果として、私小説という、西洋文学とは似て非なる日本的な文芸の世界が拓かれたということは一つの皮肉な逆説であります。

しかしそれはどこまでも結果としてでした。明治四十年頃に田山花袋、島崎藤村、国木田独歩《くにきだどっぽ》、岩野泡鳴《ほうめい》、徳田秋声、正宗白鳥たちが意図として求めたのは西洋的な自我の探求であり、実人生の裏づけのある正確な生活報告、嘘のない人間的な記録をもって文学とみなすリアリズム文学の観念の確立でした。

泡鳴の『耽溺《たんでき》』（明治四十二年）は主人公の小説家が田舎芸者に惚れ込み、欲情に脆い性格をさらけ出して、翻弄される話です。彼女に目をつけている客が他にあって、主人公の思うようにならない愛欲の苦悩を赤裸々に描きながら、どこか明るいニヒリズムとでもよべるような楽天的筆致に魅力が感じられます。泡鳴は文壇でも奔放で破天荒な言動で知られている人でした。

近松秋江《ちかまつしゅうこう》の『黒髪』（大正十一年）も名作の誉れ高い愛欲小説で、私は若いころ一読感動した記憶があります。主人公の小説家は東京にいながら京都の遊女を愛し、彼女に金を送っていました。久し振りに京都に行くと女にはやはり別の男がいて、彼は放り出されます。何度放り出されても忘れられず、しつこく、悪どく追いかけます。その姿は哀れでもあり、滑稽でもあります。これが弱い人間のありのままの姿だと訴えている描写には切実なリアリティがありました。

当時の文壇は一般社会から切り離された特殊な人間の集う界域《エリア》で、文士は互いに誰がより本当のことを告白しているか、誰がより真実一路の生活をしているかを互いに競い合うような空気が支配していました。人生の真実を追求し、叙述することこそが近代的芸術だという観念が生まれていて、文壇は一般社会人の立入ることのできない聖なる選民《エリート》の修道場のようなものでもありました。

『耽溺』と『黒髪』は、花袋の『蒲団』と並んで、自然主義リアリズムの代表作とみなされました。ここから大正、昭和の私小説、葛西善蔵《かさいぜんぞう》や太宰治のあの、自らわざと生活をめちゃめちゃにする演技的破滅小説の世界に道がつながることは余りにも自明であります。

明治の自然主義リアリズムから私小説が生まれ、そこではっきりしてきた新しい特徴は二葉亭のような「芸術」に対する疑いや不信がもはや全然認められなくなったことです。泡鳴や花袋だけでなく、藤村も独歩も秋声もあくまで「芸術」を信じ、ほとんどそれを神格化さえしていました。「芸術」と「実行」との対立は空しくなります。二葉亭にあっては政治家になるか、芸術家になるかの分裂の苦悩がありましたが、自然主義の作家たちにとっては「芸術」は「実人生」とぴたり一致して、他の「実行」の領域への未練や劣等感はもはや露ほどもないのです。

「芸術」に対する心酔、芸術家としての自己の特権への陶酔が生活の基本に置かれます。ゾラやモーパッサンやフロベールの社会に対する芸術家の厳しい批判的姿勢、弁解の許されない孤独な位置は、彼ら日本の自然派とはまったく異なるのではないのか、という批判が次の時代に大きく浮かび上るのはまた当然でもありました。

『ドン・キホーテ』や『白痴』にある「笑い」

戦後中村光夫『風俗小説論』（昭和二十五年）は、よく読まれた、この点での白眉をなす名作評論でした。

私は文芸評論の歴史を物語るのが目的ではありません。中村に「笑いの喪失」（昭和二十三年）というもう一つの傑出した、少し短い評論があります。これに照らして自然主義リアリズムと私小説の作家たちの、西洋文学と異なる自我のあり方を、もう少し掘り下げて考えてみます。中村理論はいい手引きになるのです。

フロベール『ボヴァリー夫人』は冒頭にいきなり喜劇的場面が描かれています。田舎から出て来た新入生シャルル・ボヴァリーを迎えた中学校の教室風景です。彼は奇妙な恰好をした帽子をかぶってきたので、先生や生徒たちからさして悪意のないなぶり者にされる最初のシーンで、モリエールにも似た手法で、主人公の無力な善良さが嘲笑されています。

日本の自然主義リアリズムの小説にも、私小説にも、主人公を劇の登場人物のように客観的に描写する立体感がないだけでなく、そこに読者に与える「笑い」の効果もないのは問題ではないか、と中村は問います。

……文学作品における滑稽の有無ということは、単なる技法やものの見方ではなくもっと深い問題に触れて来るのが明らかになります。

すなわちそれは作者と作中人物との距離、もっとつきつめて行けば作者の自我の問題になります。作者がその制作にあたってどこまで自分を批評しているか、作品を書く自我がそこに書かれた自我をどこまで超えているかという問題にぶつかります。そしておそらくすべての小説の持つ幅と奥行きはこの一点にかかるのです。（中村光夫「笑いの喪失」『日本の近代』文藝春秋）

『蒲団』や『耽溺』や『黒髪』の主人公は小説家その人で、作品の制作者と同一人であり、作者と作中人物の間に距離のないのがリアリズムであると花袋以下は当時素朴に信じていました。しかし大切なのは作者と作の主人公との間の距離だったのです。距離をとるためには作者の自己批評、いいかえれば自己客観化が必要であり、作者の自我が主人公の自我を超えていることが要請されるというのです。

中村はキリスト教文学の中で美しい人物として完成しているのはドン・キホーテであって、ドストエフスキーの『白痴』のムイシュキンも美しい人物だが、単に美しいだけではなく滑稽でもあるということが大切な要素だといいます。

あえて簡単に云いきれば、「白痴」の意図は「現代」のロシア社会に現われたキリストの姿を、作者の肉体を通じて描くことにあったと考えられますが、大切なのは、この「根本思想」を小説の形で表現しようとすれば、「ドン・キホーテ」の道をとるほかはないことを、ドストエフスキーがはっきり知っていたことです。（同）

ところが日本の近代文学には笑いが欠けている。これは歴然としています。世界の文学史の上からも、また日本文学の歴史から考えても、例外的であり、病的な現象だと中村は言うのです。

さきにも一寸ふれた通り、この一種奇妙な真面目ぶりは、自然主義の遺風であり、私小説が、いわば小説の理想として仰がれたという現象と、切り離して考えられないものですが、この私小説の形式そのものも、一部の人の妄信するように、日本の生活様式や民族の気質から必然に生れたものではなく、かえって発生後まだ日の浅い、西洋文学の変態的な影響から生れたものであり、この外面は素朴な、作家の実生活をその儘の形で小説化する企図は、実は「芸術」というより寧ろ「芸術家」という観念につかれた作家の、ある異常な爪立ちによって始めて可能であったのです。（同）

私小説の中には巧まざる表現の妙、と言いますか、自然な呼吸のような自己の出し方というのがあって、小説とはいえないかもしれませんが文学とはいえる絶品がずいぶんたくさん書かれました。私は先に八木義徳と上田三四二の名を挙げましたが、志賀直哉《しがなおや》、牧野信一《まきのしんいち》、瀧井孝作《たきいこうさく》などから始まり、川崎長太郎、幸田文《こうだあや》、上林《かんばやし》暁《あかつき》、外村繁《とのむらしげる》、木山捷平《しょうへい》、島尾敏雄《しまおとしお》、庄野潤三《しょうのじゅんぞう》、色川武大《いろかわたけひろ》、三浦哲郎《てつお》、阿部昭《あべあきら》、そして最近の車谷長吉《くるまたにちょうきつ》、柳美里《ゆうみり》に至るまで、作者と等身大の小説家を主人公にした名品が多数書かれました。これらは西洋文学を意識して書かれた文学では必ずしもありません。「日本の生活様式や民族の気質から必然に生れたもの」といえましょう。

中村光夫の批評は日本の文壇文学に対するないものねだりだと言われました。彼によれば二葉亭四迷と鷗外、漱石を除けば、近代の日本文学はほとんどすべて批判対象とならざるを得ません。とりわけ「近代的滑稽の系統は、二葉亭の『浮雲』から漱石の『猫』にいたる、かぼそい線だけで、しかもそれきり途絶えている」ことを遺憾としています。

つまり、日本に西洋流の本格小説は容易に成立しないことを言っているようなものです。その原因が作家の自己批評の弱さ、作者の自我が主人公のそれを超えていないために、作者と主人公との距離感が欠けてしまい（いいかえれば「芸術」と「実行」が簡単に一元化してしまい）、作品に立体的空間が成立しないことにある、それゆえドン・キホーテやムイシュキンのような高度の「笑い」がかもし出されない、という中村の指摘はどこまでも正しく、一方、それが日本の作家の文学的現実に必ずしも一致しないないものねだりの高踏的批評であったことも、今にしてみれば紛れもない真実でありましょう。

ただ、三島由紀夫という例外がいました。そうだったのです。中村光夫は三島の死後この点で踏みこんだ批評を控えています。一体われわれはどう考えたらよいでしょうか。

三島の死後、誰いうとなく、三島文学は立体的な本格小説を目指していたことは間違いないものの、「笑い」の要素がまったくない文学であったと今さらながら思い出し、指摘するようになりました。これは三島の文学と死の究極の一点を考えるための重要なポイントで、どう判断したらよいのでしょうか。

〝西洋化の宿命〟と闘う悲劇人の姿勢

正直、これは深刻な問題であると同時に、私には簡単に解釈のつかない、今ここでどう説明してよいか分らない困難なテーマでもあります。

私は近代文学史の流れをある程度追ってここまで書いてきました。中村光夫や福田恆存が期待していた作家における自己批評の鋭敏な意識が三島由紀夫に備わっていたことは間違いありません。三島は「実生活」をそのまま小説化する素朴さを否定していただけでなく、「芸術家」という観念に憑《つ》かれて私生活の聖域化を企てる作家でもありませんでした。生活と作品世界を区別し、作中の主人公と自己との同一化を警戒しつづけた人です。だからこそ芸術家らしくない実行の領域に自分をさらしつづけたのです。芸術家としてはどこまでも立体的な客観小説を目的としたことも紛れもなく、長篇小説をも演劇空間のように見立てていました。

それなのに、たしかに、そうです。三島文学には「笑い」の要素はないのです。二葉亭にあった笑い――二葉亭の語りはたびたび落語家圓朝の語り口と比較されました――はもとよりなく、三島文学の主人公にはドン・キホーテやムイシュキンの人物像がみせる、どことなく箍《たが》の外れた滑稽味は感じられません。ここでいう滑稽味とは主人公と外部世界とのズレが作者の意図ではなく、意図を超えたところで読者の心にかもし出すあるおかし味の効果のことを言っているのです。それは諷刺ではありません。諷刺は意図の領域です。ユーモアとも違います。理想を求めて生きる人間像が本人にも、作者にも自覚されないある逸脱をみせる場面は、大きな文学にはつねにあり、悲劇とも矛盾しません。ハムレットにも笑いはあるのです。

ここまで書いてきて、私は三島さんのことを考える度に立ちつくす説明のできない謎、ここから先はやはり解釈を拒まれていると考える外はない壁のようなものにぶつかります。文学史的な流れである程度は把握できると思って追跡してみた結果、把握できる範囲はできるのですが、中村光夫や福田恆存が意識的に唱えた「実行」と「芸術」の分離は、三島における私小説克服のモチーフには適応できても、そこから先には及びません。両批評家が絶句したのもむべなる哉です。「実行」の方向と内容が従来の文学者の考えるそれとは異なり、あまりにも桁外れに人智を超え出ていたからです。

それでも西洋文学を模範として追いつづけた二葉亭以来の日本の近代文学の宿命は、三島由紀夫によってしっかり継承されていました。単に文学だけでなく、「西洋化の宿命」はあの時代までは知識世界の一般的な認識で、秘かに若い私も三島さんと共有していたテーマでした。私は『ヨーロッパ像の転換』の中で、近代化によって明治以後の生活様式が調和と安定を奪われた中で、鷗外にせよ、荷風にせよ、谷崎にせよ、文学者たちは「一種の生体実験をこころみ、生の統一をそれぞれ個別的な独創で防衛しようとしてきた。その系譜はおそらく三島由紀夫にまでつづいていると言えるだろう」と書きましたが、傍点個所で「文化防衛論」を示唆していたことはいうまでもありません。

「文化防衛論」は三島の天皇論です。そしてその底にあるのは西洋に侵された日本文化に対する危機意識です。危機は逆説的な生活の仕方に表われます。徹底して西洋化された建物や生活具の中で暮したのが三島由紀夫の日常生活で、川端康成や谷崎潤一郎とは違った日本人としての暮し方でした。彼にはある意味で国境意識がないと第一章でも示唆したことが関係しています。彼の天皇観とそこから展開される日本文化観の独特な戦闘的性格が育まれる背景がここにあります。

三島　（略）僕の天皇に対するイメージは、西欧化への最後のトリデとしての悲劇意志であり、純粋日本の敗北の宿命への洞察力と、そこから何ものかを汲みとろうとする意志の象徴です。しかるに昭和の天皇制は、内面的にもどんどん西欧化に蝕《むしば》まれて、ついに二・二六事件をさえ理解しなかったではないか。そのもっとも醇乎《じゅんこ》たる悲劇意志への共感に達しなかったではないか。「何ものかを汲みとろう」なんて言うとアイマイに思われるでしょうが、僕は維新ということを言っているのです。天皇が最終的に、維新を「承引《じゅんこ》き」給うということを言っているのです。そのためには、天皇のもっとも重大なお仕事は祭祀であり、非西欧化の最後のトリデとなりつづけることによって、西欧化の腐敗と堕落に対する最大の批評的拠点になり、革新の原理になり給うことです。イギリスのまねなんかなさっては困るのです。

（林房雄・三島由紀夫『対話・日本人論』夏目書房）

私は本書で三島由紀夫における天皇の問題に一歩踏み込んで新しい解釈を与えるつもりはありません。本書とは別のテーマになるので、もしやるなら稿を改めねばならず、ここでは彼の生き方の原理だけを押さえておきたいのです。

日本文化の「西洋化」という宿命とそこからの自立のための闘争はある意味で矛盾に満ちていて悲劇的であり、彼の生き方のいわば原理であって、長篇小説の制作においても同じ原理に貫かれていたと言いたいのです。それは「西洋化」を捨てて「日本文化」へ向かうという意味ではありません。「純粋日本の敗北の宿命への洞察力」と言っているではありませんか。「純粋日本」などというのは観念であって、そんなものはもうないと言っているのです。

好むと好まざるとに拘わらず、西洋化された近代的長篇小説を成功させなくてはなりませんでした。『豊饒の海』はその金字塔となるはずでした。そしてそれが結果として「非西欧化の最後のトリデ」であること、日本文化の結晶であることを証明しなくてはなりませんでした。天皇に彼が期待していたことは、彼が自らの文学的営為に寄せて抱いていた悲劇的意志とほとんど同一であったと考えるべきでしょう。

彼の天皇観は、現代の歴史となってきた「昭和の天皇制」の否定の上に成り立っており、いまあらためて「維新」が必要だと言っているのですから、戦後他に誰も口にしなかったラディカルな内容です。旧敵国に庇護された戦後日本の平和体制と現行の天皇制度が妥協し、手を結んでいることへの抗議意志を基本に置いていますから、現実ばなれしていますし、悲劇的にならざるを得ません。

これと同じように彼の文学観は、西洋も日本も未分離のままごちゃ混ぜにしている現代のわが国の様式を失った生活の仕方の否定の上に成り立っており、革新が必要だと言っているのですから、私小説風土の文壇の誰も試みなかった気宇壮大な実験でした。「純粋日本」は西洋に敗北してしまってもはや存在しないというのです。「西洋化の宿命」をくぐり抜けることを介して「純粋日本」を奪還しなければならないというのです。そういう考え方ですから、当然、悲劇意志を抱えつづけなければならないことになりましょう。中村光夫にお前の文学には「笑い」が欠けていると言われたとしても――言われたかどうかは知りませんが――三島は答えようがなかったでしょう。

三島由紀夫の天皇（その二）

ここまで書いてきて私はいま少し立ち停まっています。何となく最近、歴史の展望が開けつつある時代にさしかかっていることを予感し、三島由紀夫の天皇観が甦る日の近いことを察知し始めているからです。彼の天皇観は「現実ばなれ」していて「悲劇的」であるとたった今書きました。「悲劇的」

であることは変わらないでしょうが、ひょっとすると「現実ばなれ」しているとは必ずしも言えないかもしれません。

私は先に、戦後日本の政治危機は一九六〇―七〇年のあの青年の叛乱の一時代に具体的に高まりをみせたとはいえ、アメリカに庇護された日本の国内には死んだような平和が支配し、従って三島由紀夫の危機意識はロシアの脅威を具体的に憂慮した明治の二葉亭のように国民的に広く理解されない面があった、と書きました。いいかえれば三島の天皇観は予言者的で、必ずしも現実的ではないという意味にもなります。が、平成二十年（二〇〇八年）はある区切りで、現実は大きく動き出し、三島の予言にも政治現実性が兆し始めたと敢えて本書の最後に言っておきたいのです。

二〇〇八年十月に突如大波のように世界全体を襲ったアメリカ発の金融不安は、百年に一度ともいわれるほどの規模で、先行きの恐ろしさを孕んでいますが、なにかまったく新しい歴史の一ページを開きそうな予感をも与えております。アメリカは自分では克服できないスケールの不良債権を抱え、ヨーロッパを巻きこんだ金融カオスの淵に立たされています。この運命が今後どうなるかは分りません。ただアメリカの国力が大きく後退し、政治的にも軍事的にも全世界規模で影響の大きい変化が訪れることはまず間違いないでしょう。

加えて、同じ時期にアメリカが北朝鮮のテロ支援国家指定の解除に踏み切ったことは、あらためて日本の迂闊さと無力と不甲斐なさをきわ立たせました。アメリカは拉致も核も解決する気は最初からありませんでした。それどころか、この十五年間、日本の力を封じるために北朝鮮をさんざん利用してきた可能性がはっきり浮かびあがってきています。ソ連が消滅した直後に、日米安保の必要性はアメリカ側からすれば消えてしまっていたのですから、日本が一九九〇年代を通じて、軍事的にも、外交的にも、政治的にもアメリカの事実上保護国の位置を破棄し、「独立」に激しく起ち上るべきだったのです。

ところが日本はまったく逆に、鎖につながれた従順な「飼い犬」の道を歩いて来ました。国民も政府も、左右を含め、その方が気が楽で、暢気だったからでしょう。その愚かさと情なさと危うさに気がつき、隘路を克服するチャンスは、アメリカの金融資本主義の失敗が与えてくれるはずです。日本列島からアメリカのプレゼンスは退潮し、好むと好まざるとに拘わらず、日本の「独立」は日程にのぼらざるを得なくなるでしょう。またそうでなければなりません。「国難」は「好機」でもあるのです。

今後のアメリカからの離反は、日本人の心の中に、少しずつ戦前のアメリカと戦前の日本とが対等であった時代の歴史意識を喚び覚ますでしょう。戦後の日本はアメリカという権力に庇護された敗北的平和主義を無疑問に奉じてきました。その結果、わが皇室もまた存続を維持するために、アメリカという権力に妥協し、守護されることにほとんど無抵抗でした。そして、そのような戦後日本と歩みを共にした皇室に向けて、危険なまでに疑問と批判を突きつけていたものの代表が三島由紀夫の天皇論でした。

三島の天皇観は複雑で、『文化防衛論』（新潮社）においては「文化概念としての天皇」を主張していますし、林房雄との『対話・日本人論』（夏目書房）では「僕はどうしても天皇というのを、現状肯定のシンボルにするのはいやなんですよ」と発言して、革命の原理として天皇を位置づけてもおります。総じて絶対主義で、一神教の神観念を思わせるところさえあります。

林房雄が「天皇は人間がつくり、人間がなったものです。現人神という言葉が示すとおり、神と人間との境の存在です。神そのものではない。だから人間としての面において、人間的過失をおこすこともある」と言ったのに対して、三島は「僕は天皇無謬《むびゅう》説なんです」と言い切っています。すでに『英霊の聲』を書いていた後の発言でした。四十一歳の三島を六十三歳の林は理論的に説得しようとしたけれども空しかった、といきさつを述懐しています（林房雄『天皇の起原』夏目書房）。

私自身は天皇は「神と人間の境の存在で、神そのものではない」という林房雄の考えに近く、平成二十年に問題を提起した『W・i・L・L』誌上での「皇太子さまへの御忠言」（のちに同題名で単行本化）の中でも、そのように明記しています。天皇は中国の天とも、西洋のゴッドとも違う独自の神格であることを繰り返し強調しました。

しかし三島の天皇観は、「純粋日本の敗北の宿命への洞察力」という先述のことばが示す通り、その底に西洋に侵された日本文化に対する危機意識を秘めていました。明治以来のこの国の宿命に根差していて、その自覚は正当であり、今のわれわれの時代にも有効性を減じていません。ただ西洋と日本との関係はスパッと割り切れるものではなく、生活の中に、芸術創造の中に、未分離に混在しております。そして大抵の人は未分離のままに生きています。文学における未分離の象徴は、自然主義リアリズムで西洋をめざして、結果的に私小説に終っている日本の近代文学史そのものです。私小説は結果として生まれたのであって、意図して生まれたのではありません。方法論の確立していない無自覚の所産でした。それがいかにも「日本人的」だといえばいえるでしょうし、私小説の隆盛のあと、文学そのものがなくなってしまったかのような今の文壇の行き詰まりの原因が方法論の無自覚にあるともいえるでしょう。

三島由紀夫はこの点を明確にし、作家として自覚的に生きようとした存在です。再三述べてきた通り、私小説風土を克服し、西洋的本格小説を書こうとして、「芸術」と「実行」の分離の理念を追いつづけました。そしてそのことで作品は日本文化の結晶であることをも証明しなくてはなりません。「純粋日本」などというものを最初から狙うのではありません。さりとて、鹿鳴館的な表層的な「西洋化」への嫌悪が彼ほど烈しい作家はいませんでした。いいかえれば「西洋化」をしっかり把握することで「純粋日本」を奪還するのが彼の目標です。当然、その精神は悲劇的に、その方法は戦闘的にならざるを得ません。

三島由紀夫が皇室に、天皇に期待したのはまさに右と同じ精神の構造なのです。贋物の「西洋化」を排し、国民の先頭に立って、現状否定の革命のシンボルとして起ち上るご存在であって欲しいということでしょう。起ち上るというのは政治的にではなく、祭祀を徹底して実行する日本の道徳の推進者としてです。第二章で少し引用した個所の「美的天皇制」、天皇はわれわれの心理や道徳に対する「アンティ」で、「自己犠牲の見本を示すべき」と言ったのはこのことに関係があると思います。

『英霊の聲』のあとがきである「二・二六事件と私」の中で、昭和天皇は戦後に天皇をあたかもファシズムの指導者であったかのごとくに邪推するアメリカ側の論調を、最も堪え難いこととされたという木戸幸一の日記を引用して、三島がある種の異和感を表明している個所があります。

木戸はこう書いています。

　実際余りに立憲的に処置し来りし為めに如斯事態となりたりとも云うべく、戦争の途中に於て今少し陛下は進んで御命令ありたしとの希望を聞かざるには非ざりしも、努めて立憲的に運用したる積りなり」（傍点三島）

（三島由紀夫「二・二六事件と私」『英霊の聲』河出書房新社）

昭和天皇は戦局に直接介入することを立憲君主としてお控えになっていたのだから、ファシズムの指導者などと言われる理由はない、というのが木戸の言い分でありましょう。三島はこの弁解めいた言い分に興味がなく、立憲君主として陛下がいっさい逸脱せずにお振舞いになったことをむしろ残念と見ています。さりとて、天皇はもっと逸脱して、戦争を阻止する役割を果すべきであったと、別様であって欲しかったと戦後になって語った敗北的平和主義者の「残念」とは違った意味合いにおいてのようです。

この傍点の個所に、私は、天皇御自身が、あらゆる天皇制近代化・西欧化の試みに対する、深い悲劇的な御反省の吐息を洩らされたようにも感じるのである。日本にとって近代的立憲君主制は真に可能であったのか？　……あの西欧派の重臣たちと、若いむこう見ずの青年将校たちと、どちらが究極的に正しかったのか？　世俗の西欧化には完全に成功したかに見える日本が、「神聖」の西欧化には、これから先も成功することがあるであろうか？（同）

ここには「西欧化」と「日本文化」とに関わる、今なお解決を見ていない、困難な課題でありつづける思想が、三島の不安な嘆きの声のように仄見《ほのみ》えているように思えます。「『神聖』の西欧化」は永遠に不可能であります。しかし「世俗の西欧化」は今後も狭まることはないでしょう。「西欧化」を「国際化」と言い直せば、今の若い人にも分り易いかもしれません。

『英霊の聲』には「西欧派の重臣」の一人として幣原喜重郎《しではらきじゅうろう》が「イギリス風の老狐」として登場しています。昭和二十年秋、幣原はアメリカ占領軍に言われるより前に、軍国主義者と天皇は違うことを示すために、天皇は神でないことを表明する「人間宣言」を出すように天皇にお勧めするくだりがあります。三島は別のところで、「僕は、新憲法で天皇が象徴だということを否定しているわけではないのですよ。僕は新憲法まで天皇がお待ちになれず、人間宣言が出たということを残念に思っているのです。いかなる強制があろうとも」（林房雄・三島由紀夫『対話・日本人論』夏目書房）。

これが『英霊の聲』を彼に書かせた基本の動機だったと思います。彼は昭和天皇が二・二六事件の反乱将校たちを厳重に処罰させたことと、「人間宣言」により「神としての天皇のために死んだ」特攻隊員らを裏切ったこと、この二点を許し難いこととして否定します。「いかなる強制、いかなる弾圧、いかなる死の脅迫ありとても、陛下は人間《ひと》なりと仰せらるべからざりし」と霊に語らせています。林房雄はこれに対し「ぼくは、『英霊の聲』の中の天皇に裏切られたという考えに疑問をもつ」と率直に、三島との対話で、三島に反論しています。「天皇に対する愛……恋ということばをあえて使えば、裏切られたからと言って恨むのは、少くとも女々しいな。天皇に対する恋は永遠の片恋だと思い諦めるべきだ」（『対話・日本人論』）。

神の観念が三島と林房雄とでは違うことは前に述べました。昭和二十一年新春の「人間宣言」は言わずもがなであったと見る考えも、今では普通になっています。天皇をキリスト教的な意味における神だと思っていた日本人は戦前にすでにいなかったからです。神の概念が西洋とは違うことは戦争前からの暗黙の前提でした。しかし、二・二六事件はともかく、特攻隊員をはじめ多数の戦死者は神としての天皇の名において散華したのもまた間違いありません。われわれは今も、信時《のぶとき》潔《きよし》作曲の「海ゆかば」を耳にすると、ありありと目に浮かぶのは、死地に赴いて行った将兵たちとそれを祈りとともに見送った銃後の人々のいわば神も人も海も山も一つになったあの日々の情景です。それが言いようもない思いで今も忘れ難く胸をしめつけてきます。

三島由紀夫の神概念の是非はともかく、彼が戦後アメリカの新しい権力に易々として妥協した日本政府を否定しているだけでなく、国体存続のためにアメリカという権力に包擁された昭和天皇にも批判の意志を示したことは、逸することのできないポイントです。

そして平成二十年の今、アメリカからの「解放」が戦後六十年たってようやく本格的に少しずつ動き出す可能性が予感されるに及んで、三島の批判はあらためて重要な問いとして現実性を帯びて甦ってくるのです。

日本人は過去に立ち戻る必要があります。過去における皇室と国民との関係を再興する義務があります。

再び戦争をせよ、ということではなく、なぜ戦争に至ったのか、日本人のあの開戦の日の解放感の独自性、緊張と恍惚とのこもごものあの不可解な安堵感をあらん限りの知的想像力をもって蘇生させるべきであります。そこを通過しないと日本人は自分を取り戻すことはできません。それには先立つ歴史の研究だけでなく、皇室が持っていた国民に対する位置、皇室の威厳というものの回復が図られなくてはなりません。

三島由紀夫の新造語に「週刊誌的天皇制」というのがあります。戦後の皇室に対する最も根本的な批判の一語であったと今にして思います。

「天皇と国民を現代的感覚で結びつけようということは小泉信三がやろうとして間違っちゃった。小泉信三は結局天皇制を民主化しようとしてやりすぎて週刊誌的天皇制にしちゃったわけですよ。そして結局、国民と天皇との関係を論理的につくらなかった。というのは、ディグニティ（威厳）をなくすることによって国民とつなぐという考えが間違っているということを小泉さんは死ぬまで気がつかなかった。それでアメリカから変な女を呼んできて皇太子教育をさせたり……」（早大ティーチ・イン）

「小泉さんは、美智子さんのようなロマンティック・イメージで売りこめば人気がまた出るだろうというお考えだったようですが、あれは非常に禍根を残している。日本の天皇には、文化の全体を映す鏡としての大きな高いディグニティと誇りと崇高さが非常に失われてしまった。……この点についても日本はまだまだ革新しなきゃならんことがある。天皇をただ政治概念としての天皇にもどして、戦前のように天皇制を利用した軍閥政治を復活するということじゃなしに、天皇を文化的概念の中心としてもう一度ディグニティを復活する方法はいろいろと考えられると私は思っている。一番具体的なことは宮内庁の役人の頭をかえることです。この役人たちは毎週週刊誌を見ちゃ、また美智子さまが載っていた、まだ国民は皇室を愛している、よかったと、胸をなでおろしている。これが宮内庁の役人です」（茨城大学ティーチ・イン）

（林房雄『天皇の起原』夏目書房）

三島由紀夫の知らないその後の三十八年において、今上陛下ならびに皇后陛下においては特段のご努力とご精進を遊ばされ、ディグニティの復活に寄与されてこられました。それゆえここで書かれていることは両陛下には不本意であろうかと存じます。

けれども私が『皇太子さまへの御忠言』という一書をなして提起した問題は、代が替わりこそすれ、戦後のご皇室にずっと似たような不安の影がたなびいていることを示しています。皇太子殿下ならびに妃殿下に、「高いディグニティと誇りと崇高さ」が欠けていることをこそ疑問としているからです。

考えてみれば、三島の指摘した通り、天皇の「人間宣言」の延長線上にすべての問題が横たわっているように思います。GHQによって敷かれたレールの上を日本国民が無疑問に歩んできたことにそもそもの禍根があります。

戦争で死んでいった人々に顔向けができないという痛恨の思いは私にもずっと切実にあります。

などてすめろぎは人間《ひと》となりたまいし

『英霊の聲』にくりかえされるこの畳句に、神概念の是非は別問題として、三島が一直線に最後の行動に向かった「孤憤」が雷鳴とともに閃光を放っているように思いました。

割腹の現場

昭和四十五年（一九七〇年）十一月二十五日、三島由紀夫は東京都新宿区市谷本村町の陸上自衛隊東部方面総監部の総監室において割腹自刃しました。三島と行を共にした「楯の会」会員四人のうち、森田必勝《まさかつ》は三島を介錯《かいしゃく》し――後で述べる理由で古賀浩靖《ひろやす》の手を借りて介錯を終え――、森田自身も割腹し、その森田の首をさらに古賀が刎ねました。

十一月二十六日付『朝日新聞』は次のように報道しています。

牛込署捜査本部は二十五日同夜二人の遺体を同署で検視し、結果を次のように発表した。

短刀による傷はヘソの下四センチぐらいで、左から右へ十三センチも真一文字に切っていた。深さは約五センチ。腸が傷口から外へ飛出していた。日本刀での介錯による傷は、首のあたりに三カ所、右肩に一カ所あった。

森田は腹に十センチの浅い傷があったが、出血はほとんどなかった。首は一刀のもとに切られていた。

三島と森田は「楯の会」の制服の下には下着をつけず、二人ともさらしの新しい〝六尺〟ふんどしをつけていた。

検視に立会った東大医学部講師内藤道興氏は「三島氏の切腹の傷は深く文字通り真一文字、という状態で、森田の傷がかすり傷程度だったのに比べるとその意気込みのすさまじさがにじみでている」と話した。

もう一つ、十二月十三日付『毎日新聞』掲載の「解剖所見」を引用すると次の通りです。
◇三島由紀夫＝十一月二十六日午前十一時二十分から午後一時二十五分、慶応大学病院法医学解剖室、斎藤教授の執刀。

死因は頸部割創による離断。左右の頸動脈、静脈がきれいに切れており、切断の凶器は鋭利な刃器による、死後二十四時間。頸部は三回は切りかけており、七センチ、六センチ、四センチ、三センチの切り口がある。右肩に、刀がはずれたと見られる一一・五センチの切創、左アゴ下に小さな刃こぼれ。腹部はヘソを中心に右へ五・五センチ、左へ八・五センチの切創、深さ四センチ、左は小腸に達し、左から右へ真一文字。身長一六三センチ、四十五歳だが三十歳代の発達した若々しい筋肉。
◇森田必勝（船生助教授執刀）
死因は頸部割創による切断離断、第三頸椎と第四頸椎の中間を一刀のもとに切落としている。腹部のキズは左から右に水平、ヘソの左七センチに深さ四センチのキズ、そこから右へ五・四センチの浅い切創、ヘソの右五センチに切創。右肩に〇・五センチの小さなキズ。身長一六七センチ。若いきれいな体をしていた。

右の件に関して間接的に私が関与する一件がありましたので、「三島由紀夫の死と私」と題した本書は最後にもう一つだけこのことを報告して終りにしたいと思います。

第六十七回直木賞を受賞した故綱淵謙錠《つなぶちけんじょう》氏の『斬《ざん》』という作品が一九七五年に文春文庫になるに際し、作者から私に解説を書いて欲しいと依頼されました。私は氏に面識はなく、また解説を書いた後も迂闊にもお会いしないでいるうちに氏は他界されました。従って、なぜ私にご依頼があったのかを聞かずに終りましたが、作品中に三島事件の割腹と介錯に関する著者の緻密な見解が述べられていましたので、私の「『死』からみた三島美学」か「不自由への情熱」のいずれかをお読み下さってご関心をもたれたせいではないかと思われます。

『斬』は「首斬り浅右衛門」の異名で江戸行刑史における死刑執行人として後世にまでその名を知られた山田浅右衛門一族の、幕末から維新へかけての凄絶な世界を描いた特異な小説です。人の胆《きも》をとり、屍体を斬り刻んだ家門内に蠢《うごめ》く暗い血の噴出を、豊富な資料を駆使して描いた作者は、切腹や介錯についても、並の人の及ばない高度の知見の所有者でした。

彼は三島事件に関する現代人好みのあらゆる解釈に興味を示しません。長い小説の最初の部分で、事件の「政治的・社会的・思想的あるいは文学的背景ならびに意義については本稿の関与するところではない」ときっぱり態度表明をしています。その上で、三島の割腹が常人のなし得ない精神力をもってなされていること、森田の介錯の失敗は、三島が立派に割腹したことに原因があり、森田の浅い傷は彼の臆病の証拠ではなく、彼が介錯者のためを考えていた沈着の証拠である、等々の緻密な分析を、この小説の作者でなければ言えない十分に論証的指摘をもって行っております。

正確を期すために少し長い引用になりますが、綱淵氏の分析をご紹介することで本書の結びに替えます。

三島の切腹で一つだけ奇異な感じを抱かせられたのは、あの腹の切り方は一人で死ぬ場合の切り方であったということである。三島が作品「憂国」や「奔馬《ほんば》」で描き、映画「人斬り」でみずから田中新兵衛に扮してみせた切り方であって、介錯を予定した切り方ではない。

しかし三島はこの挙に出る前に、森田あるいは古賀が介錯することを打合せているのである。そうとすれば、他人による介錯、すなわち〈斬首〉ということを予定した腹の切り方をすべきではなかったか。

三島のように、あれほどの深さで真一文字に切った場合（これは常人のなしえざるところである）、肉体はどういう反応を示すのであろうか。「正に刀を腹へ突き立てた瞬間、日輪は瞼の裏に赫奕《かくやく》と昇った」（「奔馬」）と同時に、二つの倒れ方が想定される。それは切腹のさいの身体の角度による。瞬時に襲ってくる全身の痙攣と硬直により、膝の関節で折れ曲っていた両脚がぐっと一直線に伸びるためか、角度が深いときはガバとのめるように前へ倒れ、角度の浅いばあいはうしろへのけぞるのである。これは切腹なしの斬首のばあいも同様で、押え役がいるときは前へ倒れるように押えているからよいが、支えがないばあいの多くはうしろへ立ち上るようにして倒れ、そのために首打役もその介添人も血をあびることがある。〈斬首のさい〈首の皮一枚を残して斬る〉とよくいわれるのは、押え役のいないばあい、そうすることで前にぶらさがった首が錘《おも》りとなって身体を前へ倒れさせるからで、これは幕末の吟味方与力・佐久間長敬《おさひろ》が『江戸町奉行事蹟問答』のなかではっきりと述べている。）

三島のばあい、どちらの倒れ方をしたかわからないが、いずれにしても腹から刀（このばあいは鎧通《よろいどお》し）を抜く暇もなく失神状態に陥り、首は堅く肩にめりこみ、ひょっとしたら両眼はカッと見開かれ、歯は舌を堅く噛み、腹部の圧力で腸も一部はみ出すといった凄惨な場面が展開されたかもしれない。それは決して正規の介錯のできる状態ではなかったと思われるのである。

介錯人としての森田の立たされた悲劇的立場が思いやられる。なぜなら、介錯人というものは〈一刀のもとに〉首を刎《は》ねるのが義務であり名誉であって、もしそれに失敗したとなれば、かつては〈末代までの恥〉と考えるくらい不名誉とされたからである。昔の首打役の不文律として、斬り損った場合、三太刀《みたち》以上はくださないとされ、したがって二太刀まで失敗したときには、死罪人を俯伏せに倒して押し斬りにすることさえあった。死罪場においてちゃんと死罪人を押えて首をのばさせ、斬首のプロが斬るときでさえ失敗することがあるのである。まして三島のような場合には、一太刀で介錯することは不可能といってよかったのではあるまいか。

昭和四十六年四月十九日および六月二十一日の第二回と第六回の公判記録によると、右肩の傷は初太刀の失敗であった。おそらく最初三島はうしろへのけぞったものと思われる。森田は三島が前へ倒れるものとばかり思って打ち下ろしたとき、意外にも逆に頸部が眼の前に上がってきたため手許が狂い、右肩を叩きつける恰好になったのであろう。そのため前へ俯伏せに倒れた三島が額を床につけて前屈みに悶え動くので首の位置が定まらず、森田はそのまま三島の首に斬りつけたか、それとも三島の身体を抱き起して急いで斬らねばならなかったかはわからないが、いずれにしても介錯人には最悪の状態でさらに二太刀（斎藤教授の「解剖所見」によると三太刀か?）斬りつけ、結局は森田に代った古賀がもう一太刀ふるわねばならなかったのは、致し方なかったと思われる。最後はあるいは押し斬りに斬ったかもしれない。現場写真で三島の倒れていた部分の血溜りが、ほぼ九〇度のひらきで二方向に見えているのはその結果ではあるまいか。森田は自分の敬慕して已まない先生を一太刀で介錯できなかったことを恥じ、「先生、申し訳ありません」と泣く思いで刀をふるったことであろう。

（綱淵謙錠『斬』文春文庫）

森田必勝の割腹については次のように述べています。

しかしここで驚くべきは森田の精神力である。普通の介錯人は初太刀に斬り損じたばあい、それだけで気が顚倒し、二の太刀はさらにぶざまになるか、別な人間に代ってもらうものである。そのために介添人がいるのである。それほど斬首ということは極度の精神的緊張とエネルギーの消耗をともなう。それなのに三太刀（ないし四太刀）も斬りつけ、しかも介錯を完了しえなかった人間が、三島の握っている鎧通しを取ってつづいて自分の腹を切るということは、これまた常人の到底なしえないことなのである。しかも腹の皮を薄く切って、一太刀で自分の首を刎ねさせている。

腹の傷が浅いということでこれを「ためらい傷があった」と報じた新聞もあるが、それはあたらない。人間の腹はなかなか刃物の通りにくいもので、むしろこれをはじき返すようにできている。さらしでもきっちり巻いているなら別だが、直接皮膚に刃物を突き立てたのでは、相当の圧力がなければはじき返されるものである。森田の場合は初めから薄く切って介錯を見事にしてもらおうという考えであったと思われる。切腹する人間は首を斬られて死ぬのではなく、介錯人に首をうまく斬らせるのである。それが昔の武士たちが実際の経験の積み重ねから作り上げた一番〈見苦しくない〉切腹の美学であった。そういう意味では、森田のほうが昔の切腹の美学にかなっていたといえよう。さすがに三島が最も信頼した人物にふさわしい腹の切り方であったように思われる。（同）

最後にもう一度、三島の切り方について綱淵氏は自分の見解を述べています。

三島は生前、映画「憂国」を製作したさい、二・二六事件で決起に遅れて自宅で割腹自殺をとげた青島中尉（「憂国」のモデルといわれる）の割腹現場に駈けつけた軍医から、そのときの実見談を聴取していたといわれる。そして青島中尉が割腹後五、六時間たってもなお死にきれず、腹から腸をとびださせたまま意識を失い、のたうちまわっていた有様をよく知っていた。したがって介錯がなければ切腹が見苦しい死にざまを曝《さら》すおそれのあることを十分に認識しており、そのために介錯を予定したことは正しい計算であった。それなのにあえてあのような深い腹の切り方をしたのは、なぜなのであろうか。三島ほどの綿密な計算をする人にも、切腹後の肉体的変化までは計算しえなかった千慮の一失なのであろうか。〈奇異な感じを抱かせられた〉と述べたのはそのためである。

これはなにも三島の切腹を貶《おと》しめようとするものではない。三島はその文学においても、必ず自己を主張しなければやまぬ人間であった。そのエゴの強さ、抜きがたい自己顕示性からあの赫《かく》奕《やく》たる文学が生れたのである。そして切腹の場にいたるまでそのエゴを押し通したのである。古来積み上げてきた切腹の美学にたいし、三島は自己流の切腹の仕方を主張したともいえよう。ただそのために介錯人森田および古賀をして四太刀（ないし五太刀）をついやさせる結果を生じた。介錯のむずかしさを思いみるべきである。

またこのとき介錯に使われた日本刀は、「無銘だが鑑定書によると『関孫六兼元《せきのまごろく》（後代）』で、時価百万円以下。刃こぼれ三カ所、介しゃくの衝撃で真ん中より先がS字型に曲がっている」（「毎日新聞」同前）と報道されたが、斬り手が素人《しろうと》であるから致し方ないとしても、刀身が曲ったというのは使用された日本刀そのものの性能を物語っている。ある刀剣専門家は「現代刀の偽物であった」と言いきっている。斬首における斬る者、斬られる者、使用される刀という、三者の相関関係のむずかしさがよくわかるのである。

以上は新聞報道——しかもその一部の報道にもとづいた感想であって、事実とのズレがあるか

もしれない。（同）

綱淵謙錠氏はあらゆる解釈を排して、現場の事実だけから分ることのみを基に精密かつ客観的に、以上のごとく推理し、叙述しております。迫真力に圧倒される思いです。

私にこれ以上つけ加えるべき何もありません。思えば私は政治的に、思想的に、そして文学的に、贅語を並べてきた観がいたします。私が語った本書の内容は自刃の現場を前にしてことごとく無関係なことのような気がいたしてきます。あたかも二つの別の世界のことのようにさえ思えてきます。

私小説の克服も、天皇も、楯の会も、先の大戦も、三島由紀夫の自決とは何の関係もなかったのかもしれません。すべては虚空を見る思いがします。エトナの噴火口に身を投じたエンペドクレス。そうです。あの古代の哲人と同じです。歴史の中には「狂人の愚行」としか思えない完璧なまでの正気の行動があるのです。

あとがき

この本はほんらい書く予定のない一冊だった。私にとって忘れられない大切な体験ではあったが、すべてを封印して、なにも語らずに終るつもりだった。本書第三章の末尾一四四ページに、自分の昨今の心境と、書くべき内容の記録では必ずしもない所以をすでに記している。しかし、ある機縁があって、体験の一端を口頭で語り、筆録が活字になるということが起こった。そうなると、事情は変わる。中途半端なままにしておくと、誤解を招く。

私にその機縁をもたらした人はフリージャーナリストの佐藤幹夫氏である。佐藤さんは著作家でもあり、編集者でもある。『自閉症裁判』（洋泉社）や『裁かれた罪　裁けなかった「こころ」』（岩波書店）などは、発達障害と法律との関係をめぐる秀《すぐ》れたご業績である。この他に、彼は不定期刊行の個人編集誌『飢餓陣営』（昔は『樹が陣営』で後に改題）を制作している。平成十九年（二〇〇七年）八月刊の同誌三十二号で、佐藤さんは「三島由紀夫と吉本隆明」の企画を立て、私に依頼してこられた。

三十三号の編集後記で彼はこう書いている。

「いま三島由紀夫をきっちりと論じることのできる文芸評論家は誰がいるのだろうか、と熟慮を重ねた結果、たどりついたのが西尾氏でした。企画者自身、まさかこれほどのドラマが隠されているとは思ってもみませんでした」

逆に私からいえば、いまどき三島由紀夫について好きな内容を好きなだけ思う存分に書かせてくれるような雑誌が他にあろうとも思えなかった。季節外れの企画だからである。もともとマスコミの季節などにお構いなしに、自分の好きな企画を自分流儀で押し通している個人雑誌である。

私は面白い雑誌だなと思った。佐藤さんが全部ひとりで企画を立て、ひとりで原稿を集め、ひとりで発送営業までこなしている採算度外視の、このうえなく精神主義的な性格の雑誌である。私は気兼ねしないで済む自由なこの空気に誘われ、四十年近く隠し持っていた禁忌の封印を解いて、三島由紀夫との生前の交渉と、死の前後にわが身が受けた体験とを、思い出を語るように気楽に話した。関係の文書も並べてみせた。

佐藤さんがまとめたものに詳しく、緻密に手を入れて、第三十二号にのった。それが本書の「はじめに」と「第二章」である。

しかし私が語ろうとした材料の三分の一にも満たない分量だった。ほとんど入口で終ってしまっている。これでは不十分である。どうせやるなら本腰を入れて、徹底的にやらなければいけないと思った。中途半端な文章を残して置くと、必ず後で後悔する。そう思ったので、今度は論を自分で組み立て直し、語り下ろしではなく自分の筆できちんと書くことにした。そしてその草稿を佐藤さんに打ち出してもらった。本書の中心部分の「第三章」がそれである。

編集後記で佐藤さんは、「発行者にとっては前回以上の量の打ち込み作業となりましたが、描かれている内的ドラマの凄さに圧倒され、没頭し、没入し、まったく苦にならずに作業を進めることができました」と書いて下さっている。『豊饒の海』を執筆しながら「楯の会」を主宰した三島由紀夫の分裂の苦悩を、共感をこめて見守った当時の文章を読むのは、恐らく初めてのご経験であったであろう。

「第三章」に当たる部分が佐藤さんの個人雑誌の第三十三号に掲載されたのが平成二十年三月である。三島由紀夫の内部に起こった文学と政治、芸術と実行の相剋のドラマを、いわば内側から見ていた若い批評家の現場証言は、この「第三章」でほぼ終っていると言っていい。記録というだけならこれで新書のような小著を作ればいいのである。しかしここで出版という立場からの編集者の問題提起があった。

「文学と政治」の原型ともいうべき「芸術と実行」あるいは「思想と実生活」というモチーフはこの後どこへ行くのでしょうか。これはどこから由来していて、それからどこへつながるのでしょうか。編集者のこの質問に私はたじろいだ。たしかに「芸術と実行」は戦後の文芸批評の世界でよく使われた概念だった。小林秀雄が戦前に暗示し、戦後中村光夫、福田恆存ほかが展開した。だから三島由紀夫が自らに用いたともいえる。

明治大正からの自然主義リアリズムは西洋の文学精神の受容だった。そして結果として私小説が生まれた。私小説克服という昭和批評の中心をなしたモチーフは文学の西洋化、ひいては日本近代の西洋化の宿命と切り離せない関係にあった。

今では時代が移って問題意識が薄れている観があるが、問題そのものが解決したわけではない。三島はたしかに日本の文明そのものを襲ったこの課題に正面から挑戦していた。彼の言う「文化防衛」は西洋に対する日本の防衛である。その中心にあるのは天皇の問題である。

「芸術と実行」のモチーフはどこから発し、どこへつながっているのですか、という編集者の思いがけない質問に、私は私なりの答を出す必要に迫られた。大雑把なデッサンに終ってしまうかもしれないが、せめて見取図を提示する義務があると思った。さもないと三島の自決の問題は画竜点睛を欠くことになる。そう思い直して、第四章を二週間で一気に書き下ろした。文芸評論を書くのは久し振りで、懐しかった。

それでも恐らくなお、今の読者、ことに若い読者は三島事件の起こった時代背景を十分には知らないだろう。文学の問題がすべてでは必ずしもないからである。一九六〇—七〇年のあのわが国の経済の高度成長期に起こった混乱と沸騰は、世界の同時代現象とも重なっている。私は九月八日に佐藤さんの前で二時間語って、これをまとめてもらったのが第一章である。

以上が本書の成立次第である。「はじめに」と第二章、第三章がこの本の中心である。これが本来の目的である。私の当時の文章と三島由紀夫の発言の再録を含む証言篇である。それを前後から挟むように、第一章と第四章が後から補われた。そういう構成である。

本書はご説明してきた通り、佐藤さんの企画発案がなければ誕生しなかった。私が自分で発意して書き出すはずもない心境にあった題材なのだから、引き出し役のお蔭でようやく日の目を見るに至った。

「芸術と実行」は何処から来て何処へ行くのかという質問で、貴重なヒントを与えて下さったＰＨＰ研究所新書出版部の横田紀彦氏がいなかったら、本書で恐らく最も重要な第四章は書かれずに終ったであろう。

本書の制作は、横田氏からＰＨＰ研究所学芸出版部の藤木英雄氏に急遽引き継がれた。新書刊行でなく、単行本ときまったからである。写真の工夫をはじめ厄介な仕事を短時日のうちに精力的にこなして下さった。

三氏に衷心からの御礼を申し上げる次第である。

平成二十年十一月一日

西尾幹二

〈付1〉 不自由への情熱──三島文学の孤独

一

学生の頃大いに文学青年であった私が、かれこれ十年近く、文芸雑誌に興味を失っていた時期がある。無論、好きな作家や批評家の文章だけは拾い読みしていたが、毎月量産されている小説の大半に飽き足らないものを覚えていた理由は、作家が余りに自分の小さな悩みにこだわり過ぎる、そこに煩悩への甘えしか感じられないことが多かったからである。自分の皮膚感覚的な不快やおびえやこころの震えにとらわれ過ぎる、そういうものがもっぱら文学だと信じられている前提が私の考えていた文学の概念とは異なっていて、容易になじめなかったからである。

女房にいじめられたり、友人の悪意におびえたり、その種の弱者のポーズが、私には大抵の場合ほとんど笑いも悲哀も誘わない。作者は一所懸命弱い人間、現実に破れた人間、その生理的にもやもやした独特な姿勢を演技してみせるのだが、なぜか腹の底では自分を弱い人間だとは必ずしも思っていないように見えるところがあって、その臭味が厭だった。文学者はもともと弱い人間なのだから、自分で自分の弱さを口にして、読者におもねってはならないのである。作風が身辺雑記的な私小説であるかどうかという問題ではない。私の好みから言えば、主人公の生き方は私生活を扱っているにしてももっと率直で、平静で、毅然としているべきであって、なおその上に、現実と隙間が出来、そこに笑いが生ずる、そういうごく自然な、作為のないフモールが日本の小説にも現れないものだろうか、私は久しくそれを待望してきたし、今でもそういうフモールが現代小説に一般に欠けているのが不満である。主人公が自分をピエロだと意識したときに、しかもそういう弱さの意匠の自己表現に居心地の良さを感じたときに、もうそれはピエロでも、弱者でもない。

自分の小さな迷いにこだわることやいわゆる心理的とらわれだけが文学の素材なのだろうか？　人間関係や性の問題や夫婦の感情などをこと細かに描くのはいいが、小説の読者がごく素朴に期待している伸びやかな物語や、その展開のなかに姿を見せるべきヒーローというものがそれではどうしても出てこない。それが美神喪失の現代文学の宿命かもしれぬが、しかし、純文学の作家たちは、今日の商業ジャーナリズムの世界においてある意味ではすでにヒーローなのである。自分の住む社会のなかで自己表現の快楽を味わう機会を与えられている芸術家が、実際の作品のなかではその反対の姿勢を強いられている。これは明らかな矛盾ではないか。それは美神不在の意匠にさえ美神を見たがる小説の読者の厚い層にささえられているからだが、そうなると、例えば、コミニケーションの断絶という現代的なテーマが、日本の社会に特有の情緒的紐帯によって、コミニケーションを容易にして仕舞うという滑稽な事態も招き兼ねない。

読者の前で自分をヒーローにしてくれるある快適な条件を誰よりも熱烈に欲しているのが文学者だ

といえば、余りにも単純な言い方になるが、しかしそういう自我拡張欲というものはもともと読者を感動させようという芸術衝動と不可分なものなのであって、従ってなんらかの意味において自己英雄化の衝動をもたぬ芸術家はなく、それは文学者の自己表現というものから免れることは出来ぬものであろう。問題は、作品のなかに直接、英雄を描くことによって、カタルシスを得ることがもはや容易ではないという事情にある。ために、自己英雄化の衝動は、意識下にもぐり、隠微に屈折する。自己を抑圧するという形式であらわれるところの自我拡張欲ほど陰湿で、不健康なものはない。現代文学の多くに覚える私の不満は、なにほどかそこにあり、その穴をうめてくれたのが三島由紀夫氏の文学であった。

私は三島文学の熱心な愛読家ではなく、ごく曖昧なファンにすぎない。作品のなかに不満がないわけではなかった。私には不自然にしか思えないあの奇妙な貴族趣味や、いささか通俗仕立の筋の運び方、言葉のための言葉、装飾過多に比例する感動の稀薄さ、一口に言えば、精神性とでもいうべき、作家の自我の背後に浮びあがるべき神秘的な暗闇のふくらみが欠けていることは、どう弁護しようにも、三島氏の初期から『豊饒の海』に至るまで、ついに変ることのなかった、私には今でもひどく残念に思われる唯一の点なのである。

しかし、われわれはどうして三島文学をバルザックやドストエフスキイと比較する必要があろう。三島文学の背後に、神秘的な暗闇の大きなふくらみが欠けているとしても、それは三島氏個人の責任というより、むしろ時代と社会の問題であろう。たしかに三島氏の文学には、私が先に述べていた意味での、笑いもないし、悲哀もない。フモールは三島文学とはついに無縁であったし、肉感性、官能性といったものも、人が考えているのとは違って、稀薄だと私はむしろ考える。だが、それに代るべき、あるいはそれよりももっと大切な、日本の近代文学史のなかで久しく欠けていたヒーローの出現、私はそれだけでも楽しく読んでだまされてよい価値があると思っていた。私は三島氏の全作品に目を通しているような勤勉な研究家ではないのだが、作中の人物がどんな所で飯を食い、どの位の収入があり、日常のどんないさかいで不快になり、女房をどうこう思っていたり、等々、きわめて近代日本人風な生理的誠実さというものがなければ文学としての説得力がないと思いこんでいる文壇的常識に煩わされずに読める、ほとんど唯一の文学であったように思える。

例えば『午後の曳航《えいこう》』というメルヘン風の軽妙な小説のあの結びの毒殺は不自然だなどと言ってもじつは始まらない。あのこまちゃくれた十三歳の少年たちが哲学的思弁に耽るのはいささか年齢にそぐわないと言ったところでどうにもならない。これは極端な例である。作者が計算ちがいをしているとすれば、ああいう不自然さの自然、深刻さの軽さを作の後半だけではなく、「第一部　夏」のあたりからもっと豊富に散りばめさせておけば良かっただろうという点であった。童話とメロドラマが仲良く手をたずさえた、海の男の浪漫的感情の挫折を描くこの軽快な作品に、日常の現実性が稀薄だというなら、どんな文学も、日常の現実性そのものには及ばないのだというリアリズムへの懐疑をどれだけ深めているかがむしろ問われよう。文学にはもっと暢気なところがあっていい筈である。人生の深い感動を与えなくても、夢の結晶があればいい、そういう試みがもっとなされてもいい。その方が人生の感動に近づく近道になるかもしれないからである。

この作品は三島文学の豊富な作品系列のなかでとくに傑出したものだとは言えないだろう。作のなかほどにある少年たちが仔猫を殺す残虐な場面は、カロッサの『ルーマニア日記』の一節を私に思い出させたが、明らかな相違は、カロッサの描写には優しさと柔和さが全篇にあふれており、仔猫を石壁に叩きつける少年の破壊衝動は、それだけにそこだけ浮き立つような凄さを帯びている。フモールと私が呼ぶのは作品全体を包んでいるそういうある霊気である。トーマス・マンに学んだ三島氏だったが、例えば『金閣寺』の吃りの主人公に、『小男フリーデマン』の自己滑稽化の悲喜劇といったものはほとんどない。むしろ余裕のない、思いつめた切迫さの方が勝っている。マンの市民と芸術家の対立概念を意識して書かれたに違いない、芸術家の運命を象徴するこの作品に、『トニオ・クレーガー』の健康な少年、つまり「市民」への親和的に素朴な憧れといったものはなく、マンがもっとも嫌った「金髪の野獣」（セザール・ボルジア）の反市民的な破壊衝動といったものの方がはるかに濃厚である。これはどちらに優劣があるというのではなく、三島文学の基調をなしている一つの特徴であって、ごく初期の短篇『中世に於ける一殺人常習者の遺せる哲学的日記の抜萃《ばっすい》』にみられるリラダン風の美と殺人の官能的な、決して陶酔とは言えない冷たい陶酔に早くもあらわれているきわめて鋭角的な夢の形象である。

私はだから、『午後の曳航』のなかの、少年たちが仔猫を材木の上へ叩きつけて殺し、鋏で皮を剝ぐ印象的な場面を読みながら、あのなにげないカロッサの描写の底に秘められている凄さというものが感じられないのは何故だろうか？　作者が日本人だからだろうか？　背後をつつみなしている文化的風土の相違というものだろうか？　それとも、荒廃した戦後世界の虚無の上に懸けられた夢や幻は、必然的にこうした感覚の自己主張的な露出に終らざるを得ないのだろうか？　とすれば、つまりはこれは現代文学全体の問題であり、もし私小説的風土を拒否し、反日常的な人物の活躍するダイナミックな演劇的空間を文学のなかに仮構するためのロマネスクのばねとして、こうした感覚への陶酔はどうしても避けられぬものなのだろうか？　等々、さまざまな纏りのない想念のなかにいま置かれているのである。

二

三島文学に精神性、思想性がないなどというのは本当だろうか？　別の面から考えてみれば、むしろ肉体を欠いて、精神そのものの人であったとさえ言えるだろう、と私には思える。泣いたり笑ったりする日常の愚かさを含めた人間的表情を抹殺し、気質や肌合いなどから洩れる描写の情緒性をできるだけ排除し、切れ味のいいアフォリズム風の抽象的思想に人間像を無理にまとわせて仕舞う、従来の日本文学にたえてなかった造型力は、強い精神の運動をそのつど正確に反映しているという意味で、矢張りこの作家に特有のものである。氏の小説にほとんど不可欠なあの優れて鮮明な風景描写に、人工性を指摘した批評を最近読んだが、そういう点でいえば、人物もある意味で人工的であることは免れないだろう。必要とされるのは当然、物語の展開される未来への緻密な計算と、構成力である。だから小説も、ある程度までは演劇である。破局へ向って、無理なく積み重ねられていくエピソードと、人物と人物との葛藤、その間に投げこまれる印象的な情景描写、そして最後には悲劇がくる。そこにはなにはともあれ、秩序がある。成功作の場合には、作家の自己表現を支えている安定した外枠ははっきりしている。

三島氏ほど自分の生きている社会、外的現実との接点をつかむことに苦しんだ作家は他にいないだろう。それはよく言われるように、題材として、例えば光《ひかり》クラブの青年社長や金閣焼亡や都知事選挙や近江絹絲《おうみけんし》の労働争議といった時事的現象を氏が熱心に取り上げたというような意味ばかりではなく、もっと内面的に、この作家が苦しんできた外界との不調和、孤独の身を切る鋭さといったものが初期の作品から息苦しいほどに感じられることである。うまく外界と調和がとれるときに、作品はたしかに安定した、鮮明な印象を与える。『潮騒《しおさい》』や『金閣寺』や『真夏の死』や『宴のあと』などがそれに当るだろう。だが、こういった形式的に統一のとれた成功作よりも、外界との不調和に悩み、作家の告白衝動が屈折して出ている作品の方に、たしかに三島氏の素顔があらわれる例は、『仮面の告白』や『鏡子の家』などのいわゆる問題作である。だが、外界との不調和、この作家に特有の孤独感は、従来の日本の抒情詩人風の繊細な、優美に内攻化した淋しさなどではなく、人をも我をも傷つけずにはすまぬ強烈な自己主張の衝動がうまく周囲と嚙み合わぬために生じるきわめて倨傲《きょごう》な、自己絶対化から派生する孤独である。

「――少年になるとから、私はまづ友情といふものを信じかねた。友人といふ友人が莫迦ばかりで我慢がならなかつた。

「私は友達といふ友達に愛想を尽かした。彼等のやることの反対を反対をとやつて行つた。中等科へ入るや否や誰しもはじめるスポーツといふものを、私は憎悪せずにはゐられなかつた。」（煙草《たばこ》）

二十一歳のときに書かれたこの短篇にみられる少年期の反社会的な自我は、早熟な少年なら誰でも一度は経験するものだが、隠れて煙草を吸う犯罪者心理と並んで、こうした外界との断絶、他者侮蔑、増大していく孤立感のなかの高揚した感情を、三島氏はむしろ自分の感覚を育てていく大切なものとしていつまでも守り、それによって、「戦後」という時代の壁画を描くことに成功したことは、後年の作品群から明らかだろう。『青の時代』や『禁色《きんじき》』は言うまでもない。『金閣寺』もそうだし、『奔馬』もそれに当る。私は今くわしく述べる余裕はないが、三島氏の描く主人公達の孤独は、私小説作家たちの小さな自分に対する迷いやこだわり、外界から疎外される弱い自分に対するいたわり、そういうものとはまったく正反対のところに最初から位置していたように思える。むしろ、自分で自分を意志的に疎外させていったのであり、そうせずにはいられぬほどの我執が、自己収斂《しゅうれん》的な幻想を生み、その孤独の深みから外の世界へ向って行動する人間が、外界と衝突し、屈折し、破滅するドラマこそ、氏の作品のなかでたえまなく繰返される主調低音なのである。

いったい氏は生涯を通じ何と戦ったのだろうか？　文学と生活を密着させ、人間同士が肌暖めあって微温的に生きている私小説的実感主義ほど氏が嫌ったものはなかった。現実と戦わず、思想と戯れるだけの教養主義や文化主義ほど氏がはげしく排斥したものはなかった。しかし哄笑《こうしょう》するその男性的な風姿が、どれほど冷たい孤独の影を帯び、しだいに暗い運命に導かれていったかを思うと、氏の文学のなかに「笑い」が欠けていたということ、文章に「ユーモア」がなかったということ、悲劇的主人公をカリカチュアするもう一つの目が不足していたということを、今さらのように思わずにはいられないのである。

『金閣寺』の初めの部分に、吃りの主人公が有為子という少女を部落の外れで待ち伏せしている大変印象的な場面がある。

「私は待つて、何をしようとしたのでもない。息をはずませて走つてきたのが、欅《けやき》の木蔭に息を休めてみて、自分がこれから、何をしようとしてゐるのかわからなかつた。しかし私には、外界といふものとあまり無縁に暮して来たために、ひとたび外界へ飛び込めば、すべてが容易になり、可能になるやうな幻想があつた。

「有為子は自転車に乗つたらしかつた。前燈が点《つ》けられた。自転車は音もなく辷《すべ》ってきた。欅のかげから、私は自転車の前へ走り出た。自転車は危ふく急停車した。

そのとき、私は自分が石に化してしまつたのを感じた。意志も欲望もすべてが石化した。外界は、私の内面とは関りなく、再び私のまはりに確乎として存在してゐた。叔父の家を脱け出して、白い運動靴を穿き、暁闇の道をこの欅のかげまで駈けて来た私は、ただ自分の内面を、ひた走りに走つてきたにすぎなかつた。」

作家というものは、まことに不思議なものである。すでに十五年も前に、氏は小説の中で、自分の悲劇的運命をそれとは気づかずに、きわめて比喩的に言葉に表しているようにさえみえる。知的な分析力の正確さに関し抜群であった三島氏も、自分自身の暗い運命に関し、当時、見透《みとお》しがきいていたわけではなかろう。自分の死を予告するような、きわめて具体的なことばを吐きはじめたのは、ほんのここ二、三年前からなのである。

三島氏はもともと自己説明の多い人で、自分の人生を意識的に操作しているようなところがあるため、われわれは今どうしても過去の作品を十一月二十五日の事件から逆読みし、死について説明していた三島氏の詐術にひっかかってしまう危険がある。しかし、一人の人間が、死んだときに初めて、はっきりした、いかにもその人らしい輪郭をみせてくれることがあるのは、その人が死について書いていることばにのみ現れるとは限らない。特異な死に方をした作家は、若い頃からいかにもそのような歩み方をしてその一生は完結してみえる。ニーチェの活力に満ちた青年時代は、いかにもあのような運命を選んだ人間にふさわしいところがあった。だから例えば、モオツァルトがもっと永生きしていたなら、という問はそもそも不毛である。だが、そういう運命の必然性の不思議さというものと、後代の人間が特異な死から逆読みして、過去の作品を合理的に説明して仕舞うこととは、自ずから別個のことである。三島氏の場合は、氏が夭折の美学に憧れていて、そういう運命の必然と偶然のたわむれをまでも自分の意識で操作しようとする驚くべく不遜なところがあったため、事態はまったくいま錯綜して残されているのだが、しかし、死をも自分の反省的意識で操作しようとする意志は、とりもなおさず生への情熱なのである。作品の中で死への意志に形象を与えることが出来たのは、なによりも氏が、それによって生への情熱に燃えていたからにほかならない。少くとも、『豊饒の海』第二巻まではそういう風に言うことが出来るように思える。

しかしながら、『荒野《こうや》より』という昭和四十一年秋の短篇を最近読んでいて、私は矢張り十一月二十五日の事件をすぐに思い出して仕舞う外なかった。三島邸に孤独な狂気の青年が早朝忍びこんだ話を、作者が眠っていた自分の位置から書き始めて、次第に出来事全体を見渡す地点へとひと回りする語り口も、心にくいほど巧みに書かれた短篇であって、氏の作のなかでも傑出したもののひとつだと思うが、私が感銘を受けたのは作品そのものではない。作の中で、狂気について三島氏が語っている次のような一節である。

「私は狂人の世界に親しみを持つたことは一度もなく、狂気を理解しようと努力したことすらなかつた。私が或る事件や或る心理に興味を持つときは、それが芸術作品の秩序によく似た論理的一貫性を内包してゐるときに限られてをり、私が『憑かれた』作中人物を愛するのは、私にとつては、『憑かれる』といふことと、論理的一貫性とが、同義語だつたからである。そして論理的一貫性は、無限に非現実的になり得るけれども、それは又、狂気からも無限に遠いのである。」

自衛隊のバルコニーから垂れ下った「檄文《げき》」の内容を翌朝の新聞で読んで、従来の三島氏の政治的言説を読んで知っていたにも拘らず、あるいはそのためであったかもしれぬが、私が事件から受けた印象は右のごときものであった。しかも四年前に他人事としてこういう言葉を氏自身が書き残していることの不思議さだけは、死に関する氏のさまざまな葉隠的説教よりも、はるかに私には謎めいてみえるのである。

ここにはたしかに外界とは無縁に見えていて外界をよく知り、あらゆる陶酔を論理的に拒否するほど論理に陶酔し、自分の行動が非現実的だと知っているほど現実的な、狂気から解放された狂的な魂があった。

なによりも氏がここで、「芸術作品の秩序によく似た論理的一貫性」に「憑かれる」人物を愛すると述べ、自分もそれを実行したことは注目してもいい。氏にとって芸術に必要なのは秩序であり、論理なのである。そして、あれはそのための行動であったとしか考えようがないのである。

三

三島氏はたしかに一生を通じあるなにものかに対し、苛立ち、戦っていたように今にして思える。そのなにものかはとても一口では言えないが、私小説、あるいは私小説的精神風土、教養主義と文化主義、非行動的な知識世界全体、曖昧な馴れ合いやまあまあ主義、日本的処世術、老年の好色、抑圧されずに至る所に精妙に瀰漫《びまん》している東洋風のエロティシズム、それらはいずれも三島氏自身が実際に敵意をもってことばにしていたところの、氏を直接に苛立《いらだ》たせていた当のものではあったが、われわれはそれらのことばの底にあるものが何であり、氏の否定の情熱を支えていた動機が何であったか、とうてい一括できないこれら多様なことばをシンボルとしている基底にあるものを考えてみることが、どうしても必要である。三島文学を日本浪曼派の系流から説明することも出来ようし、「青空と瓦礫」の戦災の焼跡風景への、つまり「窓に立ち椿事を待つ」という特攻隊への憧れといった戦争体験から解釈することも出来よう。だが、多くのひとびとがこれまで試みてきた美学的解釈も政治的解釈も、偏愛か反感かのいずれかに左右されすぎている。この作家の少年期からの孤独な心、外界と調和できず自他を傷つけずにはすまぬ閉ざされた心、そういうものが見落され勝ちである。外見とは相違する裏側には驚くほど正直な、幼児にも似たつらい率直な心が秘められていた、私はそう観察している。

三島氏が日本の精神風土のなかできわめて特異な、孤独な戦いを演じつづけてきたことは確かである。文壇的にも氏は孤立していたと言われる。教養人種からも背を向けられ、あれほどの名声にも拘らず、三島由紀夫を一冊の本で尊敬をこめて論評することは、必ずしも若い批評家の名誉ではなかった。三島氏の才能を認めた上で、やや斜めに、皮肉に、この胡散臭《うさんくさ》い怪物から距離をとることが、生前においてすでに、大抵の若い批評家の対文壇的処世術でさえあった。作家としての成果に比し、驚くほど少かった作家論、作品論がそれを物語るばかりでなく、一般の文芸批評家というものの活動の仕方に注意深く目を注いでいる者なら、誰にでも明瞭に見て取れる現象なのである。だから、三島氏自身は、正当な評価に飢えていただろう、そんな風に思われる節が二、三ある。にも拘らず、氏は自分のジャーナリズム的成功の度合に比例するように、世の教養人が「悪趣味」とよぶところのにぎやかな行動の舞台を益々ひろげていった。私はここに三島文学を解く重要な鍵の一つがあると考える。少年期を語る短篇にみられた、「彼ら（クラスの友達）のやることとの反対を反対をとやつて行つた」というあの悪魔的な言葉は決してフィクションではなく、この人の心の謎を語っていたように思える。

ちょうど一年前、私は『文学の宿命』（新潮・昭四五・二）で、三島氏の芸術と生活、文学と行動の関係をめぐるこの主題をとり上げて置いた。文学の形象行為を行動の世界からはっきり区別するために、行動の内容が世間からひろく「公認」されないような性格のものであることが氏にとってはむしろ必要なのではないか、と私は書いた。誤解のないように言って置きたいが、私は事柄の社会的意味などを論じているのではなく、三島氏の文学が当然陥らざるを得なかった必然性について語っているに過ぎない。三島氏が文学のために生涯を賭けて戦っていた相手は何であったのだろうか？　私小説から教養主義、抑圧されない精妙なエロティシズムに至るまで、氏がさまざまな場面で撒き散らしていた毒気ある言葉にいちいちまともに附き合う必要はない。氏が敵視していたものを分析するより、氏が生活意識の内部に求めていたもの、氏の文学を成り立たせるために必要であったもの、それを考えればよい。それはつまり、自己表現を支えてくれる堅牢な外枠、禁止と違反が極端な形で対立する秩序、個人を抑圧している運命の手触り、一口で言えば不自由、といったことではなかったろうか。

不自由のないところに自由はなく、死への用意をもたぬものはついに真の生命感を所有し得ない、そうした命題を氏はここ数年ことある度に口にした。しかも文化とは「物」ではなく「形」であり、様式美の支配する行為の型の存在しないところに文化はない、そしてその淵源を天皇制に求めたことは周知の通りである。天皇制や反革命に関するさまざまな議論は氏の文学を考える上では属性としての意味しかもたないように思える。檄文にみられる硬秩序への憧れもまた、論理的斉合性の上に成り立つ氏の文学からの欲求に発していたとみることができよう。文学的にそうした条件さえととのえば、なにも天皇制に関係がなくても、ヨーロッパを素材にして、『サド侯爵夫人』や『わが友ヒットラー』のような成功作も書かれた。しかしサドやヒットラーという西洋史上に類例のない悪魔も、三島氏の背の丈に合せて怪物性がやや薄められ、西洋の文献から察せられるよりも小さくなっているのは致し方ないにしても、ここでも、禁止と違反が極限的な形で対立し得る硬い秩序の存在が作の前提をなしている。

人間性の限界をも超える違反への意志をもっていたからこそ、この異端と独裁の二つの典型が作者を惹きつけてやまなかった動機であったに違いない。自由とはそもそも不自由をめざす瞬間にしか自由たり得ない矛盾概念である。これは自由や解放がアナーキーと境を接する外ないわれわれの生きているこの現代社会がはらんでいる矛盾そのものを示している。『サド侯爵夫人』では、そういう自由の極限をめざす衝動を背景に隠し、サドを舞台に登場させていない。いわば作者の告白に仮面を被せ、六人の女性が作者の分身でもあるサドをどう見ているかという他人の自分に対するイメージを、三島氏が逆照明することに留めたところにこの作の成功の秘密があった。ここで作者の告白衝動はよく抑えられ、舞台に出てこないサドの影はそれだけ大きい。ところが『わが友ヒットラー』では悪魔は舞台に堂々と登場する。芝居としてみればゆとりや遊びがなさすぎるが、やはり薄気味が悪いほど切迫した説得力がある。私はこれは舞台を見ていないので上演したときの効果はわからないが、ドイツでも全く扱われなかった視点である。ヒットラーという人物にこだわる読者は、単なる政治的人間群像の葛藤劇という風な読み方をしてみても、この作が凄絶にリアルな印象を与えるのは、三島氏自身の政治参加と密接な関係があることは疑えないことだと思う。

ある時代を襲った政治的狂気は、これを科学的批判の対象として仕舞うと、時代の秘密というものが余りにも客観的に整理されすぎて、その時代を生きていた人間の真実というある大切なものが欠けてくる。善玉、悪玉という通俗人間観を超えた歴史の意志というものが脱落して仕舞うのである。ホーホフートやペーター・ヴァイスなどのドイツの作家が試みたナチス批判は要するに批判であって、彼らはヒットラーを狂人扱いしながら、自分のこころの中の狂気というものを見ていない。『神の代理人』にせよ、『追究』にせよ、作品が事実に負けて、文学としての独立した感動を与えるには至っていない。ナチズムの犯罪が余りにも兇暴であった心の傷の癒えないヨーロッパ世界では、これはどうしても避け難いことでもあろう。われわれは三島氏のこの戯曲を氏の政治的信条の告白だなどと受け取ってはならない。氏はドイツの作家がやらなかった逆の視点を提供している。三島氏が自ら意識的にヒットラーの魔に取り憑かれることによって時代の狂気を内側から描いている。それは狂気を客体として描くのではなく、自らが狂気と化することによって、狂気をぎりぎりのところで意識化する、そういう密閉された意識の枠をつくるために三島氏自身の政治行動が必要であった、私にはそう思える。そして、そのために自決したのであるから、文学のために自らの生を犠牲の祭壇に捧げたのだと言ってもよいが、しかし、それにしても、この作品でナチズムの不気味な正体は実際よりもやや毒を薄められ、三島氏のかかる犠牲を以てしてもこの時代の秘密が正視されたとは言い難いように思われる。だが、少くとも、氏の作家としての意図はそういうところにあった。

四

しかし、そういう風に考えると、ここで生活と文学、行動と芸術との間の紐は切れていないではないか、誰しもそう思わずにはいられない。三島氏はごく初期から、ヴェルテルが死ぬことによって、ゲーテは生き残った、西洋作家の自我のあり方はみなそうだ、そういう説を座談会などでも述べ、初期の短篇『詩を書く少年』の主人公の口からも言わせて、生活と文学の分離を若い頃から自分の作家的信条とさえしてきた。たしかにさまざまな行動は作品の素材を豊富にし、文学の実験のための手段であるように世間には見えていた。馬術は『遠乗会』を産み、剣道修業は名作『剣』を作った。ボディビルやボクシングは『鏡子の家』に反映しているし、『美しい星』を書くために、自ら子供のような情熱で空飛ぶ円盤病にこったと言われる。だが、作品はいずれも客観的に造型され、私感情から切り離されている。剣道熱を知らない人が読んでも『剣』は一個の作品として独立しているし、空飛ぶ円盤などに興味のない人にも、『美しい星』は寓意小説として読めるのである。その点、『鏡子の家』だけは、やや閉鎖的で、時代病を共有していない人には、附き合い切れない所があり、そういう意味で、私小説的な自我の尻尾というものはこの作家からもふっ切れてはいない。この大作の評価が今日までさまざまに割れているのもそのせいである。だが、いずれにしても、ある閉ざされた生活感情を共にしていなければ読めないという、従来の日本文学の病弊、文壇ゴシップや社会的落伍者の純潔や前衛政党からの転向や火焔ビン・六全協・安保世代という特定の意識を土台にした文学とは全く異質な世界を目指してきた。その点、政治行動によって小説の世界をひろげ、しかも政治的に憤死したことにより、三島文学に関し、近頃、太宰治を裏返しにした「生活演技説」が唱えられているのは、そのままの形で認めることはできないような気がする。

文学のためにはどんな非常識なことをしてもよいと思っていたらしいところでは、両者はたしかに共通している。しかし太宰治の非常識な行動は、不必要に貧乏や病気や女房いじめといった「苦悩」をしきりに私生活のなかにもちこむことであって、それをいったん客観化せず、そのまま作品化するところに生活演技の文学への直結がみられたのである。それは読む者の目に不必要な苦悩だということがありありと見える。ことに貧乏というようなものが作家の自我の支えをなさない今日の繁栄した時代からみると、なぜ主人公が苦しんでいるのかさっぱりわからないというようなところが確かにあった。ああいう病気はスポーツでもすればたちまち直るのだという三島氏の言葉はその点では決して間違ってはいない。しかも、もう一つ逸することが出来ないのは、そうした太宰を初めとするいわゆる逃亡奴隷の非常識は、弱い人間の苦悩に同情する日本人一般のセンチメントに訴えかける力があったことである。太宰の苦悩は、その意味で日本人社会では「公認」される性格のものである。それは平和や反権力という大江健三郎氏の苦悩が、政治的感情と文学とを融合させ、作品の様式が混乱しながら、なお「公認」されるのと軌を一にしている。しかし、三島氏は、自分の行動が公認されないことをはっきり知っていたし、むしろ公認されない方向へますます情熱を燃やしたのであった。氏は最後まで、自分の行動の部分によって、文学読者との間に密約を結ぶことを拒否した。言いかえれば、氏の行動に共感する読者しか読めないような文学を創ることを避けていた。そのために行動をますます急進化させる必要が生じたのだともいえる。最近になって政治行動がラディカルになるにつれ、氏の文学読者と、氏の政治論の読者とがかなり割れていたようにみえることはその間の事情を物語っている。大江健三郎氏の場合にはそういう現象は多分みられないだろう。

ここに三島由紀夫氏の孤独と意志、戦後の左翼作家がなそうとして遂になせなかった文字通り完璧な反社会性があった、と私には思える。少年期からの外界との不調和、他者との断絶、増大していく孤立感の内部に堅い秩序ある砦を設け、現実世界では「公認」されない禁止と違反の極限ドラマを創り出すために、自分の生活演技はどうしても常識を越えて反社会的にならざるを得ない。しかし反社会的な生活や行動は社会性を獲得しなければ文学としての形象を得ない。そのためには、作品はできるだけ客観的な冷静さで描かれねばならず、様式の若干《じゃっかん》の混乱もゆるされない。読者の日常的な情緒に訴えかける気質や肌合いやぶよぶよと不定形な感触などへの甘えをも排除しなくてはならない。『青の時代』『禁色』『金閣寺』は言うに及ばず、『憂国』も、『英霊の聲』も、『奔馬』も、ある意味では『春の雪』も、そうした情熱の所産であることは外観上からも見易いところである。

しかしながら、氏が生きている周辺の社会、この戦後の日常的世界には秩序もないし、不自由もないし、厳格な禁止もない。従って本当の価値というものもないいし、自由もない。ロマネスクのばねをなす階級もないいし、政治的な危機もない。世界の涯への冒険が文学の素材となることもあり得ない。世界は解放され、無機化し、すみずみまでコカコーラと化した。人類は月面に到着しながらそのことは人類にとってなんらの夢をも結晶しない。三島氏の自決と宇宙開発とは果して何の関係もないだろうか？『仮面の告白』や『禁色』を書いていた当時の氏にはホモセクシュアリティという題材を純文学の世界にもち出すことでさえ冒険であり、作品への情熱の一部となり得た。しかし今はもはやなにもない。現実にはなにひとつ情熱の支えをなすものはない。しかしそういうことは氏にはごく初期からわかっていたはずだ。『花ざかりの森』を初めとする初期短篇群は、虚無の上に、華麗な言葉の模様をつらね、虚無を夢ある実体と化し、その背後に作者は素顔を隠す。いや、三島氏にはそもそも素顔などなかったのだ。出世作の題名が『仮面の告白』であったことは何という象徴であろう。およそ芸術と名のつくあらゆる芸術が仮面の告白であるべきことを鋭敏な氏が知らなかった筈はあるまい。それをしも、再び、仮面の告白としなければならないほど告白すべきことをもたなかった、あるいはもつべきでないことを知っていたこの徹底したニヒリストが、『仮面の告白』の後半は時間が足りなくて書きとばし、失敗したと後年語っていたその部分に、むしろ若い三島氏のはにかみや真率ないじらしさを見て、氏を文壇に迎え入れた日本の文学風土と、ニヒリズムを蔽い隠すための三島氏のその後の力闘振りとは、またなんという見事な対照をなしていることだろう！

私は三島由紀夫という作家を理解するには「公認」されている表側の文学だけではなく、知識世界へのいやがらせである余技、もしくは遊びとみなされていた作品系列、『不道徳教育講座』から『葉《は》隠《がくれ》入門』をへてついに陽明学を軸とする『行動学入門』に至る裏側の仕事の果した役割をもっと重視しなければならないのではないか、とじつは氏の政治行動が始まる以前から密かに考えていた。シニシズムに始まりラディカリズムに至るこの文章の思想内容をとり立てて問題にする必要はないだろう。ただ、この反教養主義の情熱が、表側の作品をどのように支え、それとどのようなバランスを保っているか、これまで誰一人論評する人がいないのがむしろ不思議だったほどで、これは三島氏が一九六八—六九年の大学紛争と青年の叛乱を実際以上に大きな日本の危機と考えることをむしろ、自ら欲求し、「全共闘」の違反と破壊という行き場のない論理に魅惑されていくプロセスと共に、氏の文学を考える上で重要な鍵をなしている。

五

あらゆることがゆるされ、解放されている自由な世界では、自由であることこそが最大の不自由である。人は自由によって生きているのでは決してなく、実際には、適度の不自由と制限によって生の安定と統一を得ている。しかし、自由があり余れば、人間は中心を喪い、自分を不自由であると空想的に設定することに被虐的快感を覚え、その瞬間の熱病によって生を支えようとするものである。

日本がしだいに繁栄に向い、海外の情報などが珍しいものではなくなり、世界全体が無機化し、コカコーラとなるにつれ、青年の心理が動揺し始めた。自由の名において自由を奪われる状態への自虐的陶酔がもっぱら大学を中心にひろがり始めた。三島氏の『憂国』が書かれたのは昭和三十五年の安保の嵐の直後である。その翌年に『十日の菊』、そしてしばらく置いて四十一年にいよいよ『英霊の聲』が発表された。『豊饒の海』の連載が始まったのはその前年の昭和四十年の九月からで、いわゆる六〇年代の後半の政治的興奮の高まりに並行してこの大長篇は進行していった。『春の雪』の完結は昭和四十二年一月、『奔馬』の完結が四十三年八月、そして『暁の寺』は四十五年四月に完結している。因《ちな》みに、東大安田講堂の攻防戦は四十四年一月であって、これを皮切りに教養人の保守化現象と、全共闘の孤立化が少しずつ目立ちはじめたことは今なおわれわれの記憶に生々しい。この月に氏は、『暁の寺』の第六回目を発表している。まだ作の前半にあったが、この時期をはさむ四十三年から四十四年全般にわたり三島氏の政治的な発言や行動はもっとも活気を帯びていた。そして、六〇年代の政治危機に事実上の終止符が打たれた四十四年十二月の総選挙の月に、三島氏はまだ『暁の寺』の後半にあった。しかも氏は長篇のこの第三巻を書きつづけることの苦しさを当時多くの人に洩らしていたというし、その間のつらい、不安定な心境は、完結した後の、『波』に発表された『小説とは何か』第十一回にあらわれている。

私は三島氏の文学を政治的に解釈するつもりはない。その必要がないことは、氏がたとえどのように危険な政治的放言を吐き、従来の文士の考えもつかぬ自衛隊体験入隊や楯の会の結成などがあっても、古典的様式美と演劇的秩序の上に成り立つ氏の文学世界は、最後まで、氏の直接行動の文学化ではなかった。多くの作品の中で、『憂国』や『奔馬』は、自分の未来に起るべき割腹という直接行動をあらかじめ先取りし、形象化したかにみえ、世の人にはいかにも不気味に思え、この作家のこころの暗黒を示すものと受けとられ、十一月二十五日の出来事を思い浮べずして以後この作品を読むことは何人にも出来ないだろう。私はそれ以前に読んでいて、古典的な意味での文学精神の高揚などは覚えなかったにせよ、氏の具体行動とは直接的には関係のない、それ自体独立した文学世界であることは間違いないと思った。

三島氏は中村光夫氏との対談のなかで、「ぼくは昔から芸術至上主義者といわれてきましたけれども、必ずしもそうではない。作品に匹敵する現実のプレザンスがあればそれでもいいのだ。場合によってそれのほうが大事だと思うことがあるわけです。」（人間と文学）と述べているのは、芸術よりも現実の方が大事だという意味と、現実というものを大事にしなければ芸術も成り立たない、という二つの意味に解される。三島文学は初期から戦後の政治現実との深いつながりの上に形成されてきた。氏は現実と文学、行動と芸術とを造型的には明らかに区別はしてきたが、心理的・内面的には、現実から養分を取り、自分の内部の虚無を、現実と自分との緊張によって補った。六〇年代後半の三島氏の文学は、解放された自由の空漠たるひろがりのなかで、世界的に次第に進行していく不自由な自由への熱病という、時代の運命を鏡のように写し出しているともいえよう。

『憂国』の主人公武山中尉の割腹の動機は単純である。叛乱軍に参加できず、同志を討伐する側に回りそうになったからである。その妻麗子の動機は書かれていない。軍人の妻として夫の運命に従ったまでである。あらゆる現代風の動機説明は拒否されている。夫妻はこころに迷いなく、むしろ恍惚と陶酔をもって、人生の至福へ向うのである。血と死とエロティシズムの美学の結晶と言われるこの作に、いわゆる合理的な動機説明は書かれていない。しかし、それでいて、無言のうちに個人を支配している静かな運命の力といったものがひたひたとわれわれの胸に迫ってくるというのでもない。むしろ、ここにあるのは、運命を自分の方へ呼びよせようとして、存在しない不条理に対し、われとわが身をぶつけていく作者の、不自由なものへの憧れに満ちた挑戦であり、陶酔である。人物は二人、空間は一軒の家の中、従って表現の外枠といったものはくっきりしている。構成は安定し、与える印象は鮮明であり、衝撃的である。が、作者のこころは外へひろがらず、内奥へ果てしなくとぐろを巻いていく。もしこれが二・二六事件を象徴する一篇であるなら、一軒の家の中の出来事であっても、そこから昭和初期の時代精神といったものが髣髴《ほうふつ》として浮び上ってこなくてはならない筈である。しかし、ここに書かれてあるのは決して過去ではない。余りに自由な現代人の、「禁止」を失ったうつろな心が、自ら進んで違反に違反を重ね、しだいに自己破壊に近づくことによって、形骸と化した「禁止」にいま一度生命を与えようとする限界への果てしない意志である。性を蔽《おお》うあらゆるタブーが失われた時代の、破滅によるタブーの回復であり、死によるエロティシズムの復権である。『憂国』が六〇年安保の直後に書かれていたことは、この作家の時代への参加の仕方の深さを示している。つまりこの作は、十年後にやがて社会的規模で発生することになるニヒリズムの顕現をいかに彼が早く予感し、同質の衝動を先取りしていたかを窺わせるに足るものがあるからである。

繰返すようだが、問題は決して政治的なことではないし、二・二六事件とも関係ない。作者自身、「たしかに二・二六事件によつて、何か偉大な神が死んだのだつた」と、巻末に添えた『二・二六事件と私』の中で、この事件が十一歳の少年であった三島にとって「神の死」としての衝撃であったと述べているが、これは裏返せば、その後の三島氏が「神」を探し求めていたということでもある。その不在を自覚し、禁止も拘束もないことの不自由を痛切に感じていたということなのである。

だから、三島氏の神格天皇制は、ニヒリズムをはっきり自覚していた人間の代用神なのである。むろん代用神であるから、氏の信心振りはポーズであって、本気ではなかったなどとは言えない。そんな風にすぐ単純に割り切る人に人間の心の不思議さは閉ざされている。本気にならなかったら、それは代用神の役目をさえ果しはしないのである。『荒野より』の中で論理的一貫性に憑かれることは無限に非現実的になり得るけれど、狂気からも無限に遠い、と氏が書いていた意味は、傍目に非現実的にみえるほど一度は徹底的に本気になることがなければ、それが現実的であるか、非現実的であるかさえも本当の所はわからないのだ、といったほどの意味なのである。行動してみなければ認識もなし得ない。ここには行為と認識の間に横たわる永遠の謎がある。三島氏の死に到った行動について、ある著名な評論家が、まるで白昼夢を見ているようで、死んでもなお本気でないようにみえるところがあるなどと、気楽なことを言っていたが、こういうことでは孤独な心の謎などはなにひとつ見えないし、時代のニヒリズムにも初めから目をふさいでいるようなものである。

しかし、二・二六事件などという単なる外的事件が「神の死」としての役割を一人の作家に与えたというところに、われわれはむしろ「神」をもたなかった日本の歴史と、それにも拘らず「神の死」という西洋的主題が必然性をもつわれわれの宿命と、この二つの間の矛盾をいまさらのように考えずにはいられない。三島氏はよく、いかにも巫山戯《ふざけ》たように、自分にとって人生の最高の幸福は、十九歳で『ドルジェル伯の舞踏会』を書いて、二十歳で特攻隊で死ぬことだった、などと口にし、生きていればいるほど悪くなる、人生は真逆様《まっさかさま》の頽落《たいらく》だなどと言ったりして、老年になることを怖れていたことから、作家としての生理的衰弱を論じる人もいる。あるいは氏が戦争中にだけ生があり、戦後の生ぬるい状況は自分にとって死であった、と述べていたかなり明確に戦争と戦後を区別する図式から、そこに政治的ロマン主義の破滅をよみとる解釈もある。どちらも今日ではほとんど公認された三島像であり、ひろくおこなわれている解釈はたいていこの「戦後」への不適応という一点からなされてきた。三島氏自身がくりかえしそういう自己説明をしているからである。『真夏の死』や『海と夕焼』のようなにげない短篇にまで、氏自身がそういう意味の自註をつけている。だが、作家が意識していなかった外を見なくて何の批評であろう。

私は三島氏における二・二六事件も神風連も特攻隊もサドもヒットラーもことごとく氏の仮面でしかなかったと考える。三島氏には素面《すめん》などなかったからである。氏が戦時中にニーチェを愛読し、六〇年代の後半には「エロティシズムのニーチェ」と言われるジョルジュ・バタイユへの傾倒から、以上あげてきた諸作を書く動機を得ていたらしいことは、かなり重要である。三島氏は自己の深みなどというものを最初から信じていなかった。自己の内容などというものがもし最初にあるならば、じつは文学など必要ないのである、むしろそういう自覚から出発したのが氏の文学であった。自分の小さな悩みや弱みに生理的にこだわることを純文学と思っている作家たちは、ついにこういう自覚というものに突き当ることはないだろう。相変らず自己自身を信じ、自己の深みや内容を追究すればよく、歴史の運命は目に這入らず、時代の動きの底にあるものはなにひとつ見えず、結果として、自己は深まることも、内容を獲得することもない。三島氏は、自分がなにものでもないという自覚だけははっきりあった人だ。

中村光夫氏との対談の中で、「芸術でなくてもいいんです。(現実の) プレザンスがあれば。」「青年がなぜ特権を持っているか。それはエロティックということです。学生新聞の文章を読んでごらんなさい。妙な観念的なことを書いていて、何を言わんとするのか全くわけがわからない。だけど性欲が過剰だということだけはよくわかる。」「芸術はそういうものがなければいかぬということだ。あんなわけのわからぬ文章をつくるもとがなければいかぬ。」というような台詞に大抵人は首をかしげ、何を言っているのかと思う。だが、芸術家の自己は、つねに時代や社会との相関物なのである。あの学生の騒ぎは日本の「戦後」の帰結というような一面だけでは考えられない。いや、学生の騒ぎなどはどうでもよい。要するにああいうものが象徴している、しだいに進行しているニヒリズムの内部で、自己の内容を信じると独りで力んでみたところで、自己はそういう非現実めいた現実に外側から縛られているのであって、従って、自分を本気で信じることは、自我の芯をなけなしの底まで爆発的に露出させてしまうことにしかならないのである。

　嘗《かつ》ては自分というものを隠して置く場所があった。国家でも、祖先でも、なんであれ自分の良心を預けて置く場所があった。ヨーロッパには、少くともまだ、「神の死」という主題がただちに文化の崩壊をもたらさないだけの伝統の拘束力がある。三島氏の悲劇は「戦後」がどうのこうのという問題ではないだろうし、政治的ロマン主義とも関係がないだろう。弱さの美学を拒否し、ヒーローの登場する古典的秩序を文学に形象化するために、氏はさまざまな代用神を、代用と知りつつ、本気で信じなければならなかったのだ。そのために神の姿は次第にラディカルになり、怪異的になり、氏の自我の芯が底なしに露出する。神風連も、英霊の声も、ヒットラーもその意味で氏の仮面でしかなかったが、氏はこの時代に仮面以外のなにを他に信じ得たであろう。氏は行動しなければ、認識もなし得ない、そういうタイプの作家だったからである。

六

最近刊行された三島氏の『作家論』の中で、泉鏡花論はもっとも傑出したものであった。不思議なことに鏡花に捧げた氏のオマージュの次の一節は、三島氏自身の姿であり、とりわけ『春の雪』の長所と弱点を余すところなく説明しているようにさえ私には思えた。

「鏡花は明治以降今日にいたるまでの日本文学者のうち、まことに数少い日本語（言霊）のミーディアムであつて、彼の言語体験は、その教養や生活史や時代的制約をはるかにはみ出してゐた。これは同時代の他の文学者と比べてみれば、今日もつとも明らかなことである。風俗的な筋立ての底に、鏡花はいつも浪曼的個我を頑なに保ち、彼の自我の奥底にひそむドラマだけしか追求しなかつた。（中略）作者の自我は、あこがれと畏怖の細い銀線の上を綱渡りをしてゐる。つねに敵としてあらはれるのは権力や世俗（すなはち「野暮」）であるが、実は鏡花は本当の意味ではこれらの敵と相渉《あいわた》ることがない。彼は敵の内面を理解しようといふ努力を一度たりとも試みないからだ。」（傍点筆者）

勿論、『春の雪』と鏡花の世界は根本的に違ったところがあるから、仔細にみれば細い部分は一致していないが、三島氏の宮廷美学的な禁止と違反の恋愛ロマンを一読した人なら、右の引用に納得のゆく部分があることに気が附くであろう。

明治以来の近代文学の主要テーマが人間や生命を大切にすること、束縛や障害からそれらを守ることであったことは、〈家からの解放〉〈因襲打破〉〈恋愛の自由〉などが久しく目じるしであったことからも明瞭である。今では個人を束縛している「家」は、恋愛を邪魔立てする「身分」の差はなく、かつて目標であったものはすでに公認価値である。人間は自由になって、それと同時に、限りなく不自由になった。障害のないところには恋の結晶作用も起り得ず、選択の自由は現代人に快楽を与えて、恋愛を奪った。快楽の原理とは一口でいえば果てしない自由の原理である。自由に自由を重ね、無制限に自由を求め、いかなる自由にも満たされぬ秩序破壊の原理である。三島氏は自由の極限的形式は「快楽殺人」だとし、そういうことを論じもしたし、小説のなかに描いてもいる。

現代人は幸福の原理を喪ったのである。幸福とは制限のなかの自足であり、不自由のなかの自由である。が、そういう自足の自由を奪われた現代に生きている三島氏が、『春の雪』で芸術的に形を与えようとする幸福の原理は、決して自足や安定や満足ではあり得ない。氏のロジックの内部では、快楽殺人にまで進みかねぬ現代の快楽の原理の、完璧な正反対の構図こそが幸福の原理なのである。つまり、制限や束縛の内部で安定することが氏にとっては幸福ではなく、強い制限や束縛を想像の世界につくり出し、かつて明治の頃にはなお存在していた堅牢な階級秩序のなかで、完全に自由を封じられること、それのみが唯一の幸福、唯一の至福となる。言いかえれば、幸福の原理は、今度は逆に自由を奪われること、制限を加えられることに外ならない。もし制限や掟がゆるやかであれば、自ら進んで違反を重ね、より大きな制限や掟に近づくことがいっそうの幸福となる。こうして、こころのうちに次第に増大していく到達不可能なものへの衝動が、ぎりぎりの所で挫折し、自己破壊に終る。ここに『春の雪』の松枝清顕《まつがえきよあき》の、作者によってきわめて観念的に計算された悲劇の構図があった。これはロマン主義などという既成のことばで片づけるべきではなく、善かれ悪しかれ、きわめて当世風の精神の運動なのである。

注意深く読んだ者なら、清顕が不必要に、自ら不自由を求めているとみられる所が感じられる筈である。ここに作者三島氏の快楽がある。清顕が聡子と結婚する可能性は十分に開かれていたのだ。自分でそれを閉ざし、宮家と聡子との婚姻に関する勅許が下りてから、清顕の情熱に火がつき、次第に感情はエスカレートし、違反に違反を重ねるようになる。人はこの作から明治という時代の運命を感じとることができるだろうか。これはきわめて意識的に、あるいは論理的に、好んで現代世界の裏返しを作者が仕組んでみせた思想の遊戯の一大絵図であった。

情景描写はかぎりなく美しく、人物の組み合せには無理がなく、構成はゆるがず、破局へ向って進んでいくテンポもごく自然で、この四部作のうちで、形式的な破綻のもっとも少いのは『春の雪』である。だが、われわれはそこに今ひとつ生動感の不足、もっぱら静止した美を感じる。ヒーローとヒロインはひたすら美しく、甘やかして描かれ、周囲の人物は悲劇をもり立てていく材料であり、作者の観念の操り人形で、二人の恋人は自ら違反を求め、自由を奪われたがっているようにみえ、従って、二人を取囲むいろいろな仕組みに「社会」というものの抵抗感が欠けている。先に引用した鏡花論で、私が傍点を附した部分はそういう意味である。

これは明治という時代の精神を描いているのではなく、現代に生きている作者の心理と観念の反映図にすぎない。『浜松中納言物語』の「佚亡《いつぼう》首巻」からプロットの主要部分を借用したきわめて古典的なこの悲恋物語が、じつは新左翼の活躍しはじめた六〇年代後半の、現代人のアナーキーな心理と密接な繋りのあることは右の説明から納得されよう。

三島氏の成功作は、むしろ現代的な心理を小さな枠の内部に集中化した短篇や劇の方にある。しかし右翼テロを扱っているために批評家から警戒され、低い評価しか与えられなかった第二巻『奔馬』は、私見では、『春の雪』よりも構成が乱れ、前半がやや退屈であるが、主人公勲《いさお》達の秘密結社から軍人が手を引いた場面のあたりから、急激に劇的にもり上っている。前作のあのどことなく甘やかされた、作者の主観によって専制的に統一された様式美はここにはない。むしろ作者の主観が前面に出ている。だが、おそらく作者は、当時の自分の政治行動を見ている世間の批判的な目といったものをひじょうに強く意識していたせいかもしれぬが、主人公勲を取り巻いている常識の世界、つまり「社会」というものが却ってよく描けている。それがこの危険な主題にも拘らず、後半では読者に不安を与えない理由であろう。

秘密結社から軍人が手を引き、仲間が脱落し、官憲に踏み込まれ、逮捕され、獄中、裁判の場面をへて、釈放され、帰宅して父親の裏切りを知ってテロ行為へ走る、こういう風に書いて仕舞うとまことに通俗的な仕組みにみえるが、作の後半では事件をしだいに破局へつみ重ねていく手順に少しも無理がない。それは少年の「純粋」をもてあます周辺の大人達の、同情や共感にも限度のあるさまざまな動きが客観的に描かれているからで、しかも勲の情熱は槙子という女の目に子供の正義心に過ぎぬことが見抜かれ、愛されることを欲しないメフィスト的な主人公が広い世間から愛されていることを知って愕然とする場面などもあり、総じて主人公勲の心情と現実社会との落差が正確に追跡されているからである。

　しかし私に不思議に思われたのは、勲という主人公が巻の最初から「目の光つてゐる」特異な少年で、「神風連」に憑かれ、計画の遂行よりも切腹シーンへの魅惑のために行動しているようにみえることである。テロ遂行の本当に納得のいく動機は書かれていない。腐敗した社会への義憤のために行動するのが表向きの理由だが、人物の「型」は最初から決って、一本調子で、動かない。ということは、テロと割腹という最後のシーンへ向って物語は最初から結末がわかっているということでもある。ここでも、不必要に自分を不自由の方へ、死の方へ追いこんで行く衝動が作の主題をなしているが、主人公の心理は一本調子で、外側の社会との関係がより多く描かれているために、あの『憂国』にみられるほどの、不自由へ向う情熱の自由という象徴性はまったく稀薄である。その点では『春の雪』の清顕の方に、違反に違反を重ね、自分をますます強い禁止の方向へ、不自由の方向へ追いこむことに自由の情熱を燃やす悲劇のパラドックスは象徴的によく表現されている。おそらくここにもジョルジュ・バタイユの、神なき世界のエロティシズムの美学は生かされていよう。貴公子松枝清顕が、私の目には全共闘的心情をもった気の弱い現代青年の一人のようにしかみえないのは多分そのせいである。

（以下、最終節「七」は本書一二二〜一二七ページに収録）

〈付2〉 三島由紀夫の自決と日本の核武装

本稿は、三島由紀夫没後四十年の節目に、著者が月刊「ＷｉＬＬ」（ワック・マガジンズ刊）の二〇一一年二月号に寄稿した論考です。著者は本稿を執筆前に三島の「檄」を再読し、三島由紀夫が自死した要因のひとつとして、日本の安全保障や外交についての不安と絶望があったと推論しています。民主党が政権与党だったこの時期、日本の安全保障をめぐる環境にも大きな変化があり、それが大きな政治的な命題となっていました。そして、三島の没後五十年を迎えた今、日本をめぐる情勢はいっそう厳しさを増し、本稿で著者が示した危惧の一部は現実のものとなっています。

編集部では、日本の外交や安全保障の在り方などに対する三島の憂いを鮮やかに浮かび上がらせるとともに、当時の政治状況を丹念に考察し現代にもつながる諸問題を再提起している本稿は、本書に収録する意義があると考え、著者のご了解を得て再録させていただきました（編集部）。

ドイツ大使の三島由紀夫論

ちょうど一年前になるが、二〇一〇（平成二十二）年の一月十二日に東京広尾にあるドイツ大使館公邸の夕食会に招待された折に、フォルカー・シュタンツェル大使と私との間で、三島由紀夫のことが話題になった。

大使は日本学を研究する哲学博士で、七〇年代に京都大学に留学していた経験を持つ。大使が三島の死から十一年後に書いた英文の論文 Traditional Ultra-Nationalist Conceptions in Mishima Yukio's "Manifesto" が、後日私に送られてきた。ここでいう Manifesto とは三島が自衛隊市ヶ谷基地で自決した際に、手書きで何枚も準備してバルコニーからばら撒いたあの「檄《げき》」のことである。

論文の内容は非常に穏当な捉え方をしていて、三島の生涯は何ら ultra-nationalism に捧げられたものではないけれども、しかし彼はなんといっても ultra-nationalist であったということを書いている。全体として書かれていることは概《おおむ》ね知られていることで、現代日本の空虚と腐敗を排撃し、国軍の復活を三島は激越に求めていたと理解していて、誰しもが承知している「檄」の内容の理解の仕方だといっていいのだが、読み進めていくうちに私が面白いと思った個所があった。

三島は自国の外になんらの敵のイメージをも創り出さない。自国の悲惨がその国のせいだと言い立てるスケープゴートを国外に見ていない。日本がアメリカの政治的リーダーシップに従うあまり独立を失っているのは嘆かわしいと見ているけれど、それはアメリカが日本に敵意を持つ国だからではない。

しかもアメリカ以外の国はどこも言及されていない。三島が主に苦情を申し立てているのは、自国の国内の状態に対してであって、敵対感情を投げかけてくるような外部からのいかなる脅威に対してでもない。

そういえばたしかにそうである。三島由紀夫は、精神的にも政治的にも国内の日本人に向かって訴えたのであって、国外の世界に向かって格別なにも主張していない。

考えてみると、一九七〇年前後というのは日米関係が最も安定していた時代であった。日米安保条約は自動延長されている。ドイツ人外交官の目に、外敵の恐怖も脅威もない時代に、あのような苛烈なナショナリズムを燃え立たせる三島由紀夫の情熱とはどうにも理解できない、不可解なものに見えたというのはいかにも分かり易い。

三島の予見の正しさ

けれども、大使は学者外交官らしく、もう少し奥深いところにも踏みこんでいる。他国に対し敵意を持ったり持たなかったりするのは普通の nationalism で、それに対し、ultra-nationalism はそういうレベルを超えて、伝統文化や民族文化に遡って歴史の奥から nation の概念をつかみ出し、これを強固にするイデオロギーであって、三島を理解するには江戸幕末期の「国体」の概念と比較することが必要であると説いている。

三島の思想と行動に、江戸幕末の志士の「国体」論を結びつけて考える人はこれまで多くはなかった。ドイツ人がこの観点を引き出したことは興味深い。

ただ、私が一読してハッと目を射抜かれたのは歴史の解釈ではなく、三島が自国の外にいかなるhostile enemyをも見ていないと述べたあの個所なのだった。

そうだ、そういわれてみればたしかにそうだ、と私は思った。あれほど激越な行動が、つまるところ「敵」を欠いていた。内省的で、自閉的で、ある意味で自虐的行動にほかならなかった、そう外人に指摘されていささか虚を突かれる思いがしたのだった。

この指摘は、しばらく私の心の中に小さくない衝撃の波紋を投げかけていた。ひょっとすると三島事件は本当に、完全に終わったのかもしれない。文学者の個人的事件となり果てて、政治の次元での現実性はもう問われる必要はないのかもしれない。

今年、私が三島由紀夫への新しい認識や思い出、関連する体験というのはシュタンツェル氏の論文が唯一だったので、ずっと私の心はその一点に止《とど》まっていた。

けれども、三島の行動はたしかに戦後の日本人らしく内向きだったかもしれないが、その洞察と予見の力はつねに大変に大きく、誰しも知るとおり自由民主党が最大の護憲勢力だ、と喝破《かっぱ》した四十年前の彼の言葉は、まさに今深く鋭く私たちの目の前の現実を照らし出し、予見の正しさを証明しているのである。

口約束で終わる「核の傘」

三島由紀夫が市ヶ谷台で自決した一九七〇（昭和四十五）年を境に、その前後の国際情勢と日本の位置を考えてみると、アジアに急激な変化が訪れていたことがわかる。ソ連軍のチェコ侵入は一九六八年で、世界の目は共産主義体制に膨張の脅威と衰弱のあせりとを見ていたが、中国が別様に動き出していた。ちょうど同時代の文化大革命のことだけを言っているのではない。核実験の成功である。一九六四（昭和三十九）年の東京オリンピックの開催中に、それに当てつけるかのように中国から核実験成功のニュースが飛び込んだことはわれわれの記憶に鮮やかである。やがて、一九七一年に北京政府は国連に加盟することにも成功した。台湾政府は追放された。これらはアジアにおけるきわめて大きな出来事である。

核実験から三カ月後の一九六五（昭和四十）年一月十二日に、佐藤栄作首相はホワイトハウスで行われた日米首脳会談でリンドン・ジョンソン大統領に対し、「中国が核兵器を持つなら日本も核兵器を持つべきだと考える。」（米側議事録）と述べたといわれる。

しかし、アメリカは日本が核攻撃を受けた場合には日米安保条約に基づき核兵器で報復する、いわゆる「核の傘」の保障を与え、日本の核武装を拒否した。日本とドイツには核兵器を持たせまいとしたのが当時のアメリカの政策だった。佐藤が日本の核武装に大統領の前でどれくらいこだわり、どれくらいその主張を現実に言葉にしたかは明らかではない。

翌一月十三日に、佐藤はマクナマラ国防長官との会談で「戦争になればアメリカが直《ただ》ちに核による報復を行うことを期待している。」と要請し、その場合は核兵器を搭載した洋上の米艦船を使用できないかと打診し、マクナマラも「何ら技術的な問題はない。」と答えたということである。

さりとて「核の傘」は当時も、そして今も明文の形で保証されてはいない。アメリカの要人が「核の傘」の原則を語り、その都度《つど》つねに口約束で終わって、日本に核のボタンを自ら握らせる立場には絶対につかせないという方針があったようで、一九六五（昭和四十）年の佐藤・ジョンソン会談でそれが最初に表明されたのである。

ＮＰＴの目的

当時、核保有国は中国が入って五カ国になった。そしてそのころ、同時によく知られている通りＮＰＴ（核兵器不拡散条約）が進められていた。旧戦勝国の五カ国が核を独占する不平等条約である。一九六三（昭和三十八）年に国連で採択され、今でこそ百九十を超える国々が加盟しているが、一九六八年の段階では調印したのは六十二カ国で、一九七〇年三月に発効している。

日本は二月にしぶしぶやっと署名に踏み切った。西ドイツが一月に署名したのを見きわめて、ぎりぎりまでねばって滑りこんだ。しかし署名はしたものの、なお釈然としなかったといわれる。理由はＮＰＴの目的にある。村田良平元外務事務次官がその回想録で述べているとおり、ＮＰＴの七割方の目的は、経済大国になり出した日本とドイツの二国の核武装の途を閉ざすことにあったからだ。

当時日本はアメリカ、イギリス、ソ連だけでなく、カナダやオーストラリアなどからも、NPTにおとなしく入らなければウラン燃料を供給してやらない、つまり原子力発電をできなくさせてしまうぞと脅しをかけられていた。

それでも日本が署名をためらったのは、将来日本独自の核戦力を必要とするときが来るかもしれないので、自ら手足を縛るべきではなく、フリーハンドを維持するのが国の未来のためであるというまっとうな考え方に立っていたからである。当時の外務事務次官はそう公言していたし、自民党内にもそういう意見が少なくなかった。

したがって、一九七〇（昭和四十五）年一月に日本はNPTに署名を済ませた後も、えんえん六年間も批准を延ばし、条約の批准を果たしたのは、やっと一九七六年であった。

この六年間という逡巡と躊躇の意味は、今の日本人には忘れられている。当時の日本はまだ国家を守るという粘り強い、健全な意志があったということだ。二流国家になってはいけない、いつの日にか軍事的に蘇生しなければ将来、国家の存続も危ぶまれるというまともな常識が働いていた証拠である。今は過渡期であり、敗戦国はいつまでも敗戦国に甘んじてはいけない、という認識がはっきりあった。

一九七〇年二月三日のNPT署名に際しての日本国政府声明のⅠ「軍備および安全保障」第五項に、次のように記されている。

日本国政府は、条約第十条に、「各締約国は、この条約の対象である事項に関連する異常な事態が自国の至高の利益を危うくしていると認めるときは、その主権の行使として、この条約から脱退する権利を有する」と規定されていることに留意する。

必死の思いで念を押している切ない感情が伝わってくるような条項だ。

アメリカに保護された平和

最近の政治家、官僚、学者言論人が、いつ終わるかもしれないぬるま湯のような〝アメリカに保護された平和〟に馴れ、日本はIAEA（国際原子力機関）に事務局長も送り出しNPTの優等生ではないかなどと呑気な顔をしているのは愚かもいいところで、自国の置かれた最近の一段と危険な立場が見えていない証拠である。

たしかに、その後今日までにイスラエル、インド、パキスタン、そして北朝鮮が核保有国となり、NPTは半ば壊れているかもしれないが、中国と北朝鮮が日本列島にミサイルを向けている情勢は変わっていない。それどころか、近年にわかにキナ臭くなっている。中国と北朝鮮の対日敵性国家としての連帯は、次第に年ごとに露骨になってさえいる。

三島由紀夫が自決したのは周知のとおり、一九七〇年十一月二十五日であった。右に見てきた諸情勢のちょうど真っ只中において起こった事件だった。

佐藤栄作が日本に対する核攻撃に対し、必ず日本を守ると言ってほしいとジョンソン大統領に頼み、口頭の確約を得たのが先述のとおり一九六五（昭和四十）年一月であった。この日米会談に先立って、佐藤は沖縄の本土復帰を強く意欲していた。同年八月には那覇空港で、「沖縄の祖国復帰が実現しないかぎり、わが国の戦後は終わらない。」という有名な声明を発した。

核実験の成功から国連加盟へ向けて国家的権威を高める共産中国の動向を横目に見ながら、アメリカから不確実な「核の傘」の約束をとりつけ、沖縄の早期返還を目指した佐藤長期政権の政治的評価は、今日的意味が非常に高いと思われる。

論評も数多くあることを私は知っているが、その詳しい跡づけをするのがここでの私の課題ではない。返還までの過程で、佐藤は例の非核三原則、有名な「持たず、作らず、持ち込ませず」を言い出した。一九六七（昭和四十二）年のことである。

そして七二年には沖縄の完全返還も達成し、七年八カ月に及ぶ首相の座を退いた後の一九七四年秋にノーベル平和賞を授与されたことはよく知られている。授賞の理由は「日本の核武装に反対し、首相在任中にＮＰＴに調印したこと」などとされている。

しかし、彼はもともと核武装論者であったはずである。沖縄の合意の際に、返還後の核再持ち込みの密約交渉があったことは、佐藤の「密使」とされた若泉敬氏の著書の中で明らかにされている。私はこのような密約の存在は、なんら驚くに値《あたい》しないことと思っている。

民主党の岡田前外相のように、軍事問題で密約そのものの存在を追及し、暴露するなどはまったくナンセンスなことである。そうではなく、核武装の必要を知っていた佐藤が「持たず、作らず」はともかく、なぜ「持ち込ませず」のような、日本を反撃力の完全な真空地帯にしてしまう愚かな宣言に走ったのか、そこが不透明で分からないと言っているのである。否、「持たず、作らず」を含め、非核三原則など自ら言い出す必要はまったくなかったはずだ。

すべてを玉虫色にしておくのが、国家安全のための知恵である。ＮＰＴの署名から批准に至るまで、六年間もためらい続けたあのフリーハンドへの関係者のこだわりは、なぜ見捨てられ、まるで旧社会党か学生が喜ぶような単純な三原則が掲げられたのか。

三島由紀夫が自決した報を聞いて、佐藤栄作の第一声は「狂ったか」であった。私は若い時分にそれを聞いていて、政治家が文学者の行動に理解が及ばないのは普通のことで、政治家らしい反応だと思い、深く考えることはなかった。佐藤首相を責める気持もなかった。責任ある立場であればそのように考えるのは当然だろうと思った。しかし、三島の「檄」を最近読み直してそうではないことに気づいた。今の時代が新しい読み方を私に教えた。

核を持ち込ませた西ドイツ

その発見を説明する前に、ＮＨＫが二〇一〇年十月三日夜「スクープドキュメント〝核〟を求めた日本」で報じた、佐藤政権下で密かに日本の外務省が西ドイツ外務省に、アメリカから離れ、両国共同で核開発を行うべきではないかと相談を持ちかけ、西ドイツに退けられたという話について、私の知るドイツの政治的並びに心理的実情とあまりに違うので、一言述べておく。

番組は核開発を嫌った西ドイツ政府は平和主義で、秘密にこれを画策した日本政府を悪者のように扱っていたが、とんでもないことである。

西ドイツは戦後NATOに加盟する際、核を開発しないことを約束させられた。しかし、核の保有を断念したわけではない。ことにアデナウアー首相が強い意志で核を持つという政策を掲げていて、圧倒的多数の国民に支持されていた。アデナウアーの流れの保守政権から社会民主党系の政権に移っても、基本の姿勢は変わらなかった。

日本が非核三原則と言っている間に、西ドイツは核は作らなくても、持ちたい。それがダメなら、せめてアメリカの核を持ち込ませたい。切実にそう願っていた。自国の安全のためである。非常に強いリアリズムとしてドイツ人はそう考えていた。

冷戦時に、西ドイツ国防軍には有事に際しアメリカの核弾頭が提供される仕組みになっていた。NHKの番組が取り上げた一件で西ドイツ外務省が日本提案を断ったのは、日独共同で開発することの拒否にすぎない。西ドイツが日本風の平和主義であったからでは決してない。

ドイツ人が一貫して、何とかしてアメリカの射程の短い小型の戦術核を持ち込ませたい、そうしなければやっていけないという危機感を抱いたのは当然である。そう考えない日本人が異常なのである。

保守政権から交代したシュミット政権になったときに周知のとおり、ソ連が配備したSS—20という中距離核弾頭に対応してアメリカのパーシングⅡと巡航ミサイルを西ドイツが率先して受け入れ、かつヨーロッパ各国にそれを説得して配備させることで末期のソビエトと対決し、これを屈服させるという一幕があった。はらはらさせたが、しかし断固とした措置だった。

これに似た対応がなければ、日本は今後おそらく、中国と北朝鮮の連合軍による核の威嚇をはねのけて、自由で平和な今のような祝福された国土と国民生活をこのまま維持し続けることはできなくなるだろう。その意味で六〇—七〇年代の佐藤政権が「持ち込ませず」まで宣言したのは、どう考えても大失策であった。

原因は、単なる彼の性格的ひ弱さだろうか。唯一の被爆国というマスコミへの媚《こ》び諂《へつら》いだろうか。アメリカの政策にすり寄りたい点数稼ぎだろうか。それとも、結局は彼の頭脳も旧社会党型平和主義者のそれなのだろうか。

日本国を売った佐藤栄作

三島山田紀夫の自決は、もとより半分は文学的動機によるものであり、政治的動機であの事件のすべてを説明はできない。文学者としての思想的理想がなければ、あのような極限的行動は起こらなかった。しかし、ドイツ大使シュタンツェル氏が言ったように、国の外にhostile enemyを見ない、自閉的で幻想的な行動、世界の政治現実をいっさい映し出していない、リアリティから隔絶した自虐的な行動だったのだろうか。

私は過日、「檄」を読み直してアッと驚いた。三島由紀夫はNPTのことを語っているのだ。今まで気がつかずに読み落としていた。彼が自衛隊に蹶起《けっき》を促すのは、明らかに核の脅威を及ぼしてくる外敵を意識しての話なのである。このままでよいのかという切迫した問いを孕《はら》んでいる。

この上、政治家のうれしがらせに乗り、より深い自己欺瞞《ぎまん》と自己冒瀆《ぼうとく》の道を歩まうとする自衛隊は魂が腐つたのか。武士の魂はどこへ行つたのだ。魂の死んだ巨大な武器庫になつて、どこかへ行かうとするのか。

繊維交渉に当つては自民党を売国奴呼ばはりした繊維業者もあつたのに、国家百年の大計にかかはる核停条約は、あたかもかつての五・五・三の不平等条約の再現であることが明らかであるにもかかはらず、抗議して腹を切るジェネラル一人、自衛隊からは出なかつた。

沖縄返還とは何か？　本土の防衛責任とは何か？　アメリカは真の日本の自主的軍隊が日本の国土を守ることを喜ばないのは自明である。あと二年の内に自主性を回復せねば、左派のいふ如く、自衛隊は永遠にアメリカの傭兵として終るであらう。

われわれは四年待つた。最後の一年は熱烈に待つた。もう待てぬ。……（以下略）

六年前に中国が核実験に成功し、核保有の五大国として「核停条約」（NPTのこと）で特権的位置を占め、三島が死んだ年の翌年に台湾を蹴落として国連に加盟、常任理事国となるのである。「五・五・三の不平等条約」とは、ワシントン会議における米英日の主力戦艦の保有比率であることは見易い。

三島は、NPTに署名し核を放棄するのは「国家百年の大計にかかはる」と書いている。NPTの署名を日本政府が決断したのは一九七〇（昭和四十五）年二月三日で、同じ年の十一月二十五日に三島は腹を切った。

そして、NPTの署名と核武装の放棄を理由に、佐藤栄作はノーベル平和賞の名誉に輝いた。佐藤は三島の最期を耳にして「狂ったか」と叫んだ。政治家の穏健な良識がそう言わせたのではなく、自らの虚偽と欺瞞と頽廃と怠惰と痴愚と自己愛とが三島の刃に刺されたがゆえに、全身を襲った恐怖が言わせた痛哭《つうこく》の叫びだったのだ。

文中にある「アメリカは真の日本の自主的軍隊が日本の国土を守ることを喜ばないのは自明である」は、すごい一言である。私自身もずっとそのように認識し続け、またそのように書き続けてきた。

親米保守に胡坐《あぐら》をかく自民党の軍隊は「村山談話」に屈服して、田母神《たもがみ》空将を追放し、ついに民主党の軍門に下った。今の自衛隊を風水害対策班にし、別の新しい「真の日本の自主的軍隊」を創設すべき秋《とき》は近づいている。

「あと二年のうちに自主性を回復せねば、左派のいふ如く、自衛隊は永遠にアメリカの傭兵として終わるであらう」の「あと二年」とは、一九七二（昭和四十七）年を指す。沖縄返還が七二年に実現した。その頃から準備と工作を続け、七四年にノーベル平和賞である。三島の死んだとき防衛庁長官は中曽《なかそ》根《ね》康弘《やすひろ》だった。

周到な受賞工作

私は、日本の保守政権を堕落させてきたのは靖国参拝とり止めの中曽根内閣からだと言ってきたが、佐藤栄作からなのではないか。彼から国家の「第二の敗戦」は始まった。彼はノーベル平和賞をもらう代わりに、アメリカに日本国を売ったのではないか。これは決して空想を述べているのではなく、論証が可能なのである。

ノーベル平和賞自体を佐藤本人は寝耳に水だと驚きのポーズをみせたが、周到な受賞工作の結果であった。その功労者のひとりが、前年に同賞を受賞したキッシンジャー国務長官であった。佐藤はキッシンジャーにこの点で頭が上がらない。

一九七四（昭和四十九）年にフォード大統領が来日した際、国務長官が同行団の中にいて、佐藤栄作は日本国内に彼を訪問した。総理の座を離れて二年半経っていた。訪れた理由は、ノーベル平和賞授賞式におけるスピーチの草案について、キッシンジャー国務長官の了承を取ることであった。

佐藤は核保有五大国（米、ソ、英、仏、中）に対し、核兵器全廃を訴えようと立案していたが、キッシンジャーの了解は得られなかった。当時西側は、通常ミサイルに関してソ連に後《おく》れをとっていたので、ソ連を牽制するには核兵器の抑止力が不可欠だった。

「何をとぼけたことを言い出すのか。」と、キッシンジャーは憮然《ぶぜん》たる面持ちだったそうだ。ノーベル平和賞をもらったとたん核廃絶論者、絶対平和主義者づらをするのが許せなかったのだろう。

国務長官に一蹴され、佐藤は文言を削った。彼はスピーチを報じる新聞の報道を後日キッシンジャーにわざわざ送り、約束どおり核廃絶を訴えることはしなかったと、身の証を立てたそうだ。キッシンジャーは彼の前に立ち塞がるアメリカの「意志」そのものであり、ノーベル平和賞とはアメリカの政治意志の一道具であることがここからもいえる。

佐藤が五大国の核廃絶を訴えたのは大江健三郎流の平和主義からではなく、日本を核大国の仲間に入れないのならお前たちにだけ勝手なことはさせたくない、と一発かましたい思いからだったのかもしれない。切ない抵抗だったのかもしれない。真意は分からない。

沖縄返還後の核再持ち込みの密約の存在、「核抜き本土並み」返還がウソだった事実が、後にアメリカの公文書公開で明らかになったように、佐藤が核廃絶論者であり得るはずはないのである。

キッシンジャーに会った半年後、佐藤栄作は脳溢血で倒れ、この世を去った。

以上はミシガン州にあるフォード大統領図書館の機密公文書の公開によって明かされた史実で、これの発見と報告は春名幹男元共同通信ワシントン支局長（現名古屋大学教授）の月刊「現代」（二〇〇八年九月号）の論文に負うている。

自壊に近づく日本

いろいろ忖度《そんたく》してみても、佐藤栄作の核をめぐる安全保障観はどこまで合理的かつ現実的であったのかは本当のところは分からない。しかし彼の内心の思いが何であれ、日本の核開発放棄とＮＰＴ調印が評価されての平和賞受賞であり、そのとき「持たず、作らず、持ち込ませず」が平和日本の国家的標語として高らかに打ち上げられ、内外に広まり、国是になったことは疑えない。

広島で毎年八月六日に行われる平和記念式典に登壇する総理大臣は、たとえ保守志向の総理であっても、世界の人類の永遠の核廃絶をバカの一つ覚えのように口にする。私は、安倍元総理がこの常套句《じょうとうく》を語ったときにエッと驚いた。ひとりぐらい違うことを言う人があってもいいはずだ。「北朝鮮や中国の核脅威には核でしか対抗できない。諸君！　われわれは坐して死ぬわけにはいかないではないか！」と広島の壇上で語りかける総理が出てきてもいいはずだ。

非核三原則がいけないのは、汚いもの怖いもの臭いものは全部国の外にしめ出して、目を伏せ耳を塞いでいれば外からは何も起こらずわれらは幸せだ、自分の身を清らかに保ってさえいれば犯す者はいない、という幼稚なうずくまりの姿勢のほかには、いっさいをタブーとする迷信的信条の恐ろしさである。

ＮＰＴに署名するに先立ち、これをためらい、唯唯《いい》諾諾《だくだく》と従っていては国が危ないと苦慮していた声がたしかにあったはずなのに、それに蓋をしたのが佐藤首相であることは紛れもない。

それなら、国連などで核廃絶提案がたとえばスウェーデンあたりから出されたとき、日本政府は賛成案を投じるかといえば必ずしもそうではなかった。記録に残る五百六十二件の国連決議において、日本の賛成は冷戦時代で四〇％、その後も平均五五％となっている。

なぜ、唯一の被爆国日本が核廃絶に関する決議に賛成できなかったのか。日本の国連大使がネバダの核実験場にアメリカから呼ばれて、スウェーデンなどの提案に賛成するな、と説得を受けたこともあるという。

日米安保という「核の傘」の下にあるのだから仕方ない、と日本政府はそのつど棄権と反対を繰り返し、なぜ日本が？　と不思議がられた。佐藤栄作がキッシンジャーに一蹴され、文字を削ったのと同じケースである。

それなら日本は逆にアメリカとしっかり組んで、西ドイツのような現実的な道を選べばよかったのではないだろうか。一九六〇年代のＮＡＴＯにおいて開始された「核シェアリング」のような合意が、日米間でどうして可能ではなかったのだろうか。ソ連の巨大な通常戦力の陸上での攻撃に、射程の短い核兵器の発射をアメリカから任せてもらうのである。この企てに参加したのは西ドイツのほかにイタリア、オランダ、ベルギー、およびトルコであった。

射程の長い核兵器、砲、ミサイル、航空機の爆弾の三種はアメリカが保有している。ソ連による攻撃が核なくしては防げない事例にのみ、西ドイツの場合には百五十発を上限に核弾頭がアメリカから譲渡され、アメリカに頼らず自らの判断のみでこの爆弾を使用することが許されていたのである。

核廃絶は空想である。旧社会党や大江健三郎の思想である。だから、これにアメリカが同意しないというのは十分に理に適《かな》っている。キッシンジャーが佐藤栄作の受賞スピーチの内容に異を唱えたのは、むしろ当然であった。

しかし、それなら日本の保守政権は六〇年代のNATOで始まっていたこの「核シェアリング」のような現実的な方策をなぜ取り入れようとしなかったのだろうか。なぜ空想に走るか、さもなければ不承不承のアメリカ追随に逃げるか、この二軸の間をウロウロ揺れ動いただけで、自らこうするという政策なしに終わっているのか。

国連で他国が核廃絶の提案をすると、棄権する日本は何をやっているんだと見なされるらしい。つまり、左翼にもなりきれない。旧社会党のようなことを口では言っておきながら、それにもなりきれず、現場ではアメリカに調子を合わせる。そしてそれなら西ドイツのように「核を持ち込ませる」方針を積極的に選ぶのかといえば、そんな空気もないし、議論もしない。つまり何もしない。

このぶざまな二分裂が今までの日本であり、今の日本でもあり、そしてその揚げ句、ついに民主党政権を誕生させてしまったのである。

もうこれ以上待てるか。はたして大丈夫か。日本はじりじりと後退し、自壊に近づいているように思える。

国是となった佐藤栄作の「持たず、作らず、持ち込ませず」に依る自縄自縛は、次第に自己硬直の域に達したといっていいだろう。

三島が見ていた「敵」

北朝鮮が韓国・延坪島への砲撃を行った。その前には韓国の哨戒艦を撃沈させた。にもかかわらず、韓国は憤激もぎりぎりのところにきていながら、忍耐している。それはアメリカが忍耐させるからである。アメリカは東アジアで戦争する気がない。アメリカは逃げている。

北朝鮮の行動は中国と組んで行われている。だから、韓国の島が攻撃された事件と尖閣の事件は全く同じで、一体化していると見たほうがいい。中国は北朝鮮に制裁を加えるどころか、韓国への攻撃以来、両国間の輸出入が増えている。中国は外交的にだんだんのさばってきて図々しいことを考えているが、もし何かが起こっても、アメリカは日本に対しても、韓国にしたように何もしない可能性が高い。

こういう状況がきたときに、はじめて今の民主党政権に対して国民の声は「自衛隊よクーデターを起こせ」との気持ちが高まるだろう。実際にするかどうかはわからない。クーデターをするような勢いのある中心の人物、田母神空将は追い出されてしまった。

クーデターは現実的ではないが、しかし三島由紀夫が四十年前にクーデターということを自衛隊に呼びかけ、そして先程示したように、NPT体制に対する不安を明確に檄文の中で述べ、あと二年しかないと叫んでいたのは現実的な話で、それを思うと、時を経て三島の絶叫はにわかにリアリティを帯びてきたようにさえ思う。

明確な敵がいたのではないか。hostile enemy はいなかったというドイツのシュタンツェル大使の解釈はいかにもそうと思えていたが、しかし、実ははっきりと敵がいた。

内省的、内面的、自虐的な三島では決してなかった。敵は日本をたぶらかそうとしているアメリカ。広島長崎がトラウマになって核武装後の日本の復讐に内心おびえ、日本にたしかな現実の道を歩ませることを封じ込めているアメリカである。

そして、そのアメリカに乗せられっぱなしの死んだような日本。具体的にはソ連や中国ではなく、大きな轍《わだち》の中に閉じ込められている今の日本の、そして今日まで動かないこの世界の状態、核状況の現実ということではなかったろうか。

死をもって現実を動かす

文学と国家のことが三島の問題であった。国家のことを先に考え、文学のことなど疑えと言い出した文学者は、三島の前に二葉亭四迷《ふたばていしめい》がいた。二葉亭四迷は文学を疑え、国家が先にある、文学を疑わないような文学は文学ではないということを高い批評意識をもって語っていた人だが、二葉亭の場合には常にロシアという具体的な脅威が目の前にあった。そういえばすぐ国士、二葉亭の意気込みがわかる。

三島と二葉亭がよく似ているのは、国家という意識が文学よりも先にあるべきだというこの自覚に加えて、小説の中に国家や国民をいれない。小説はあくまで市井《しせい》のささやかな男女の心のひだを描くという点では両作家は同じであり、小説の中に政治や国家の問題をストレートに入れず、現実と美を切り離す。

その点で非常に近代小説的で、三島は二葉亭と似ている。違うのは、二葉亭の場合は国家を語るときにロシアという具体的なものが目の前にあったのに、三島の場合は具体的なものがなく、戦後という米ソの谷間にあって、敵がはっきり見えない、まるで霞《かすみ》のような、あるいはまたぼんやりして正体不明なふわふわしてよく見えない現実の中で、文学は二の次だという二葉亭と同じような現実への覚醒の意識を維持するために、困難が倍化していたように思う。

それが、三島のあがいて穴の中に入っていく形で、最後は文学が政治と一体化して錐《きり》もみのような形になっていった所以《ゆえん》であり、シュタンツェル大使から外敵もいないのに戦ったと言われた所以である。

そういう意味での現実が捉えにくかった時代に生きたのが、三島由紀夫の運命だった。それゆえ、多くの人があの檄文を読んで、なんだろう、なんで自決したのかわからないと当時言ったのであるが、非常にはっきりと彼には世界の現実が見えていたんだと、私は本論でそのことを敢《あ》えて論じたのである。

世界と日本の中に置いてみてこのことがわかった。彼には現実がすぐには見えなかった。二葉亭のようにロシアと簡単にいえなかった時代を生きた。それでも国軍の創設ということを言い、皇室への信仰の復権という具体的な政治のテーマを掲げ、しかし実際の小説はそういうテーマに感情的に紛らわされることなく、しっかりした明晰《めいせき》な輪郭のある小説を書く。文学と現実を切り離していた。

しかし現実の敵というものはロシアのようにはっきりしていなかった。それが三島の苦しいところであったし、彼の文学を規定している背景であったと私は思うのだが、しかし三島は全く空想を現実にしていたのではない。現実に立ち向かっていた。NPT体制を見ていた。

三島は日本の現実的な政治を正眼《せいがん》で見て、それを突き破り、死をもって現実を動かそうとしたリアリストであったと私は考えます。

(「WiLL」二〇一一年二月号)

本書は三島由紀夫の没後五十年を記念して企画・出版いたしました。ＰＨＰ研究所が二〇〇八（平成二十）年に刊行した『三島由紀夫の死と私』（西尾幹二著）を底本として、明らかに誤植と判断された文字を改め、さらに適宜読みやすさに配慮して固有名詞を中心にルビ（振り仮名）を振っています。
二〇二〇（令和二）年、新型コロナウイルスの感染拡大により世情は不安定となり、過酷な状況下で著者である西尾氏も少なからず影響を受けたとのことです。このコロナ禍で大変な時期であったにもかかわらず、著者には新たに判明した事実に基づき各所の修正指示をいただいております。

戎光祥出版　編集部

【著者紹介】

西尾幹二（にしお・かんじ）

1935（昭和 10）年、東京に生まれる。
1958（昭和 33）年、東京大学文学部ドイツ文学科を卒業。1961（昭和 36）年、同大学大学院修士課程を修了。1961（昭和 36）年より静岡大学人文学部講師、1964（昭和 39）年より電気通信大学助教授、1975（昭和 50）年より同大学教授に就任。1979（昭和 54）年に東京大学より文学博士を授与される。1965（昭和 40）年から 1967（昭和 42）年には、西ドイツ（現・ドイツ）のミュンヘン大学に客員教授として在籍。1994（平成 6）年、「正論大賞」受賞。1999（平成 11）年に電気通信大学を定年退官、現在、同大学名誉教授。
ドイツからの帰国後、ドイツ文学者としてニーチェ、ショーペンハウアーの研究、翻訳を行う傍ら、保守の論客として雑誌、新聞、テレビ番組などで幅広い評論活動を行う。著書に『ニーチェとの対話』（講談社）、『ニーチェ』（第一部・第二部）（中央公論社、筑摩書房）、『個人主義とはなにか』『歴史と科学』（いずれも PHP）、『国民の歴史』（扶桑社）、『GHQ 焚書図書開封』（徳間書店）、『江戸のダイナミズム－古代と近代の架け橋』（文藝春秋）、『天皇と原爆』『歴史の真贋』（いずれも新潮社）など多数。訳書にはニーチェ『悲劇の誕生』『この人を見よ』などのほか、ショーペンハウアーの主著『意志と表象としての世界』の単独個人訳を完成させている。

装丁：堀　立明

三《み》島《しま》由《ゆ》紀《き》夫《お》の死《し》と私《わたし》 増《ぞう》補《ほ》新《しん》訂《てい》版《ばん》

二〇二〇年一二月一日　初版初刷発行

著　者　西尾幹二
発行者　伊藤光祥
発行所　戎光祥出版株式会社
東京都千代田区麹町一—七
相互半蔵門ビル八階
電　話　〇三—五二七五—三三六一㈹
FAX　〇三—五二七五—三三六五
編集・制作　株式会社イズシエ・コーポレーション
印刷・製本　モリモト印刷株式会社

http://www.ebisukosyo.co.jp
info@ebisukosyo.co.jp

ISBN978-4-86403-373-2